黒の派遣

江崎双六

TO文庫

目次

序章 …… 7
プッシュマン …… 14
ルール …… 46
罪の意識 …… 79
リデューサー …… 106
更生 …… 149
冤罪 …… 177
アウトリーチ …… 197
黒の派遣 …… 220
終章 …… 243

黒の派遣

序章

一

　その日、家のインターホンが鳴ったのは午前八時ごろだった。居間で一緒にテレビを見ていた父が玄関に向かい、ドアを開くと外にスーツ姿の男が立っていた。

　仕事関係の人が来たのだろうと思い、私は奥の部屋へと移動すると、すぐさまテレビの電源ボタンに手を伸ばした。ついた画面の向こう側では、見慣れた司会者が週末に行きたい旅行先ランキングを発表している。うるさくならないように音量を三つほど下げて、居間で見ていたテレビの続きを一人でぼんやりと眺めていた。

　休日にも拘《かか》わらず、こうして父の同僚が訪ねて来たことは過去にも何度かある。休みくらいきちんと休めばいいと思うのだが、「仕事があるから休みがある」と、生真面目な父は口癖のようにそんなことを言っていた。

　それもあってか、正直、私もまたか……と思ったくらいで突然の来客に驚きもしなかった。

様子が変だと気付いたのはその数分後だった。いつもならば、居間に通して難しい話を始めるはずなのだが客人を中に入れる気配がない。どうやら玄関口で立ったまま話をしているようなのだ。

「冗談じゃない。どうして私がそんなことをしなきゃならないんだ」

耳を澄ませていた私は父の怒鳴り声に肩をすくめた。普段、温厚な父がここまで大きな声を出すのは珍しい。何かトラブルがあったのかもしれないと思い咄嗟《とっさ》にテレビを消して息を呑《の》んだ。

残念ながら相手の言葉までは聞こえなかったが、父が苛立っていることだけは確かだ。ズボンのポケットを手のひらで叩く音が聞こえる。思い通りに行かないときに出る父の癖だった。

「話すことは何もない。いいから帰ってくれ」

再び父の声が聞こえ、それと同時にドアを閉めた音がした。私が襖《ふすま》をそっと開けると眉《み》間《けん》にシワを寄せた父が戻ってくるところだった。「全く何を考えているんだ」と、ぶつくさとぼやいている。

「どうかしたの？」

「いや、何でもない。人違いだ」

「人違い？」

私は首を傾げた。ただの人違いであんな怒鳴り声を出すわけがない。

「誰だったの？　今のひと」

「本庁だかなんだかの刑事だとさ。こないだあった殺人事件の捜査をしているらしい。ほらっ、最近テレビでやっていただろ？」

ああ……あれのことか、と私は口を開けたまま頷いた。最近、隣市のある公園で女性の遺体が見つかったとのニュースが流れていた。確か一週間前にも同じようなことが報じられており、連続殺人事件として近隣の住民へ注意を呼びかけていた記憶がある。

「それがどうかしたの？」

「その事件の被害者が、会社の取引先相手だったんだ。新しい商談が上手くいかなくてな、何度もその人に交渉しに行っていたのが私なんだよ。それで、あの刑事が訪ねて来たってわけだ。人を疑うようにアリバイを聞かれたもんだから、ついカッとなってしまった」

先ほどの失態を反省するように父は自分の頭を叩いた。

「なんだ、そういうことか」そう言って鼻で笑うと私の興味は一気に失せた。

騙されるくらい他人を信じてしまう父は人から疑われるのを嫌っていた。ましてや殺人事件の容疑者として疑われたのであれば、腹を立てるのもわからなくもない。あの刑事も何の根拠があって父を疑っているのかは知らないが、時間の無駄遣いを随分とするものだ。

「一応、聞くけど……お父さんじゃないんでしょ？」

「当たり前だっ」

顔を真っ赤にする父を見て私は安堵した。嘘ではないことくらい反応でわかる。その内、犯人逮捕のニュースが流れていつものように話題にすら取り上げられなくなるだろう。このときはそう思っていた。

それから何度か刑事が訪ねてきた。父が留守の場合は私が代わりに質問に答えた。決まって父のアリバイや人間関係を尋ねてくるのだが、はっきり言って職場の人間関係などわかるわけもないし何度も同じ質問をされて、もはや答える気にもならない。それくらいどうでもよく思えた。

だが、思いのほかその刑事はしつこかった。先日、私の通う高校にまで来たときにはさすがに腹が立ち、無視をすると家に帰るまで後を追われて気味が悪かった。

父の帰りが遅くなったのもその頃だ。自動車部品を製造する会社に勤める父は、いつも夜の七時には家に帰ってくる。どんなに遅くても九時までには戻っていたのだが、それが今では十一時を過ぎていた。

幼い頃に病気で母を亡くしてから、今まで父と二人暮らしをしていた私にとっては今さら独りが寂しいわけではないが、こうも遅い日が続くとさすがに心配になってくる。

ここ最近で父は急激にやつれていた。帰ってきても夕飯を食べずに、黙って酒を飲んで早々に寝床についてしまうため、遅くなる理由を聞くことができない。ただ、何となくあの刑事が絡んでいるのではないかと思った。仕事の悩みで、あそこまでやつれた姿を見たことがない。

学校にまで来て私に事情聴取をしようとするくらいなのだから、恐らくは父の職場にも行ったはずだ。周りの目もあり、肩身が狭くなっているのは間違いなかった。

　どうして父はそんなに疑われなければならないのだろうか。勿論、父のことは信用している。殺人などを犯すような人じゃない。ただ、妙な胸騒ぎがするのだ。

　何もなければいいけど……と、心配しながら部屋に祀《まつ》られた聖母マリア像に向かって十字をきった。

「主よ、どうか父をお救いください」

　指を組んで、そう祈った。


　この世に救いの神などいない、と教えられたのはその数日後になる。朝、仕事に出て行った父はそのまま帰ってこなかった。代わりに玄関を開けたのは例の刑事だった。何事かと思い事情を尋ねると、男の口から信じられない言葉を告げられる。父に殺人の容疑が掛けられ、署まで任意同行してもらったというのだ。

　そんなはずがない……と、頭が真っ白になった。何かの間違いに決まっている。

「まだ容疑が掛かっているだけの段階です。ですから無実が証明されれば、あなたのお父さんは解放されます。その為の取調べだと思ってください」

　まるで作文を読むかのように淡々と説明する刑事に私は眉をひそめた。

「取調べって……父は、いつ帰ってくるんですか？」

「無実が証明されれば、すぐにでも」

「だったら……だったらすぐに帰してください。父は犯人なんかじゃありません。何の罪もないんですっ」

「それはこちらで判断します」

その刑事は冷たく言い放つと、頭を掻《か》いて視線を下に逸《そ》らした。

「少なくとも、二、三日は拘束されることになると思いますので、そのつもりでいて下さい。申し訳ありませんが、それまであなたも外出は極力避けるようにお願いします」

どうして無実の人間が三日も拘束されなければならないのか。納得できずに顔をしかめていると、男はろくに説明もしないまま「では、追って連絡します」と玄関のドアを閉めた。冷たい風圧を顔に浴びながら、キツネにつままれたように私はその場に立ち尽くした。

それからというもの私は家から出なくなった。いや、正確に言えば出られなくなった。カーテンの隙間から外の様子を眺めると、家の前には多くの報道陣が詰め掛けていた。私が出てくるのを待っているのだ。

父が正式に逮捕されたと知ったのも、この報道陣によるライブニュースからだった。頭から上着を被り、手錠を掛けられた父が警察署から出てくる様子が映っていた。

この事件は、容疑者の性的欲求による衝動的犯行だったと世間に配信されている。逮捕の決め手となったのは、二人目となった被害者の衣類に付着していた僅かな指紋だった。容疑者が被害者の自宅を頻繁《ひんぱん》に訪れていたことも、仕事とは関係のない行動だったのではないかと言われていた。尚、逮捕された容疑者は依然として犯行を否認している……とも、報じられていた。私は顔面蒼白になりながらも画面に向かって叫んだ。

否定して当たり前だ。父はストーカー行為をするような人じゃない。どうしてもっと良く調べないのだ、と。

何故、父が逮捕されなければならないのか……何故、私はこんな目に遭《あ》わなければならないのか――。

伝わることのない叫びを繰り返し、目が腫《は》れても泣き続けた。声は枯《か》れ、泥のようにその場に這いつくばると、ふと祭壇に祀られたマリア像が目に入った。何が神だ。何が救いだ。信仰心の強かった父が何故、無実の罪を着せられなければならないのだ。

私は首からぶら下げていたロザリオを引きちぎると、マリア像に向かって思いきり投げつけた。カキンッと皿が割れるような音が鳴った。亀裂《きれつ》の入った像を眺めながら、私はこの理不尽な世の中を恨んだ。

プッシュマン

二

重なった人垣の合間を掻き分けるように進むと、数台のパトカーが目に入った。ざわつく野次馬たちの前には、この地域の担当であろう巡査が両手を組んで立っている。その後ろには立ち入り禁止の黄色いテープが張られ、マンションの入り口を何人もの刑事が行き来していた。中には見覚えのある顔ぶれもいる。どうやら、既に鑑識から進入許可がおりているようだ。

丁度良かった、と赤井真也《あかいしんや》は乾いた唇《くちびる》を舐《な》めた。これならば、現場で長いこと待たされる心配はなさそうだ。最前列で首を伸ばしながら目をギラつかせる中年女性を手で払いのけると、黄色いテープに向かって真っ直ぐ近付いていった。

「あっ、ちょっと」

赤井がテープに手を掛けると、立っていた巡査が慌てて止めに来る。二十代半ばの若い男性巡査になるのだが、その目つきは明かに不審者を捉えたものだった。

「勝手に入ったらだめだ」

肩を掴まれ呼び止められると、赤井はわざとらしくため息を吐いた。

「おいおい、呼ばれたのにダメってことはないだろ？」

「呼ばれた？　誰に……ですか？」

面倒くさい奴だな、と赤井は頭を掻いた。たまに会う地方の巡査にも、五人に一人はこういう輩《やから》がいる。きっちりと仕事をしないと気が済まないタイプの人間だ。

確かに、通行を制限する立場からすればマニュアル通りかもしれないが、時には臨機応変に対応することも必要になる。いくら相手が、刑事らしからぬグレーのシャツを着ているからといって、スーツ姿の男が堂々と入ろうとしているのだから一般人には思えないはずだ。

それともなんだ。身体的特徴に問題があるのだろうか。百八十五センチの長身と切れ長の目から、どこかのホストか何かと勘違いしたのだろうか。いや、それはない。長身とはいえ顔面偏差値がそこまで高くないことは自分でもわかっている。それにもう四十を過ぎた立派なオッサンだ。彼が不審に思った理由は、ただ単にこの無愛想な顔付きが気に止まったからだろう。

いずれにせよ、呼ばれた経緯を細かく説明するのは面倒だった。

「通信指令室の誰か女の人だ。名前は知らん。いいから、入るぞ」

巡査の肩を数回叩いて赤井は強引にテープを潜り抜けた。「ちょっと」と背後で声を上げる彼に背中を向けて手であおる。きっちりと仕事をする奴は、勝手に持ち場を離れない。案の定、彼はそれ以上追ってはこなかった。

やれやれ……と、赤井は首を左右に振った。現場廻りが少ないと、地域の巡査に自分の顔をなかなか覚えて貰えない。警察手帳を見せれば早いのだが、身内に見せるほど馬鹿らしいものはない。昔は顔パスだったんだけどな……と、今いる自分の立場を呪った。

ようやく目的の建物に差し掛かり、玄関入り口を潜《くぐ》り抜けると冷たい空気が頰《ほお》に触れた。空調設備の整ったマンションというのはいいものだ。近年の東京は異常気象が続いており、もう九月になるというのに昼になれば気温は三十度近くまで上昇する。そんな中で遺体を見なければならないのは中々に辛いものがある。呼び出されたのが建物内であり、早朝だということがせめてもの救いだった。

通報があったのは午前六時頃になる。場所は、東京都三鷹市の郊外にあるマンションの地下駐車場。住民が通勤の為に車を動かそうとしたところ、血を流して倒れている男性を発見した。一目見て、救急車の手配は必要ないと思ったらしい。それほど遺体の損傷が酷いようだ。

つまり、これから地下に降りてその遺体を見なければならない。朝とはいえ蒸し暑くなるのは間違いなかった。今のうちに、出来るだけ身体を冷やしておきたいところだが、のんびりしている暇もない。肌に張り付くワイシャツを指で摘まんでパタパタと扇ぎながら、赤井はエレベータのボタンに手をかけた。

エレベータは最上階で停止したまま中々降りてこなかった。最上階には、マンションオーナーの部屋がある。恐らくは、他の刑事が説明に向かったまま捕まってしまったのだろう。

待っている間、エントランスホールに目を向けた。モダン調の内装に砂利の敷かれた中庭まで付いている。駅周辺のマンションに対抗する為に、こだわりをもって建てられた物件といった感じだった。

非常階段からエレベータまでの数メートル。立ち入り禁止のロープが張られた向こう側には、顔をしかめるご婦人達の姿が見える。野次馬心に加えて、何時になったら自分達の車が出せるようになるのか、不満の声がここまで聞こえてきそうだ。こりゃ住民からの苦情処理が大変そうだな、と赤井は視線を戻すと指先でこめかみを掻いた。

ようやくエレベータが動き出した。赤井のいる一階まで降りてくると、チンッと音を立てて扉が開いた。中には、隅の方で後輩刑事の椎名《しいな》ゆかりが俯きながら一人立っている。やや茶色がかったショートボブに、グレーのスーツパンツ姿。捜査に出るときに彼女がよくする格好だった。誰に指示されたのかは知らないが、今回ハズレくじを引かされたのは彼女だったようだ。

赤井が足を踏み入れたところで椎名はようやく顔を持ち上げ、「あっ」と声を漏らした。猫のような大きな眼は充血しており疲労の色が見える。「おはようございます。お久しぶりです」と、彼女は小さく頭を下げた。

「なんだ、お前も呼ばれたのか。随分と成長したもんだな」

「はい、おかげさまで……といっても、まだまだですけど……はい」

そう言って、彼女は青ざめた頬に手を当てると無理矢理に笑窪《えくぼ》を作ってみせた。

「もう、現場は確認したのか？」

「いえ、まだです。確認しようとしたら、お前は先にマンションのオーナーに状況を説明して、捜査協力をとってこいと言われまして。ろくに情報がないまま言われた通りに説明に向かったら、今度は先方から、詳しい現状の説明も無いのに協力なんて出来るわけがないだろ、と説教を受けました」

それでそんな顔をしているのか、と赤井は頷いた。うまく対応できなかった彼女にも問題はあるが、そんな指示を出した人間も悪い。板ばさみにあった椎名を不憫《ふびん》に思い、「それは、ご苦労だったな」と一言だけ言葉を掛けた。それと同時にエレベータのドアが開いた。

「まあ、あまり気にするな。気持ちを切り替えて行くぞ」

「はいっ」と、背筋を伸ばした椎名を見て、赤井は自分にも言い聞かせるように重い目蓋《まぶた》に力を込めた。

問題の場所は、エレベータを降りた地下駐車場入口から三十メートルほど離れた一番奥の駐車スペースにあった。契約者ごとに、コンクリートの壁で綺麗に区分けされているため遠目からではソレに気がつかない。第一発見者が気付いたのは、周囲に立ち込めているこの酷い悪臭のせいだろう。

倒れていたのは見かけ二十代前半の男だった。上下紺色の作業着を身に着けていた。顔は痩せこけ、前髪は目に掛かるほど伸びている。肌の白さは元々のものだろう。そのせいか紺色の作業着が浮いて見えた。

赤井は立ったまま首を折り曲げてその男の姿を見下ろすと、確かにこれでは救急車の必要はないな……と、顔を歪めた。首を絞められた痕《あと》があるのは確かだが、それよりも目に付くものが腹部にある。みぞおちの辺りから、へその下まで斜めに向かって切り裂かれ、大量の血がそこから溢れていたのだ。

素肌の上に直接、作業着を羽織った形になっている為その様子がハッキリと確認できる。だが、遺体の損傷に対して周囲への流血は少なかった。恐らく殺害現場は別にあり、後から遺体をこの場所に運んだのではないだろうか。

「これ、人間の仕業ですか？」

椎名は、赤井の背後から覗き込むように遺体を見ると、口元を手で抑えながら言葉を吐いた。肩を上下に細かくゆすり、今にでも言葉以外を吐いてしまいそうだ。

「刃物を使うのは人間だけだからな」

綺麗に裂かれた遺体の腹部を指差し、縦に動かす仕草をしながら素っ気無く答えた。殺傷事件になれば血を見るのは当たり前のこと。水死体や腐乱死体に比べればまだマシな部類に入るだろう。

だが、椎名は赤井の指先に目線を向けると慌てて顔を逸らした。

「それはわかっていますよ。そうじゃなくて――」

反論しようとしたところで急に限界が来たようだ。彼女は言いかけた言葉を呑み込むと、腰を折り曲げながら慌ててその場を離れていった。

情けないな、とも思ったが、これだけの遺体を直視すれば流石に気分が悪くなっても仕方が無い。

思い返せば、椎名は当初から遺体を見るのが苦手だった。彼女が駆け出しの頃、赤井は一ヶ月間だけ教育係として付いたことがあった。そのときに、「どうしたら遺体を見ても平気になれますか？」と、聞かれたことがあったのだが、「場数を踏め」と冷たく言い放ったのを覚えている。今から約三年前の話だ。その結果、進歩しない今の彼女があるのかと思うと少しだけ罪悪感があった。

とはいえ、間違った教えをしたつもりも無い。正直、遺体を見るのにコツなんてない。外科医が手術後にレアのステーキ肉を平気で食べられるように、我々にもある程度の慣れが必要なのだ。

椎名が離脱する様子を見ていた鑑識員に大きく咳《せき》を打たれた。現場を荒らすなら他所《よそ》に行けということだろう。別に吐き気があるわけではないが、赤井もその場を離れて辺りを見て廻ることにした。

地下駐車場に監視カメラの設置はない。あるのは、先ほど利用した室内に上がる為のエレベータ付近に一つだけ。恐らく、チェックしたところで犯人が映っている事はなさそうだ。エレベータ内に血痕《けっこん》らしきものは見当たらなかった。

エントランス側から遺体を運んだとは思えない。外部から車で運び込んだというのが、今のところ有力な説になるだろう。

だとすると、どうして犯人はこんな目立つ場所に遺体を置いたのだろうか。普通、遺体を隠そうとするものなのだが、これでは見つけてくださいと言っている様なものだ。何を考えて、わざわざ遺体を移動させたのか、犯人の心理が全く読めなかった。

三鷹警察署に捜査本部が設置され、第一回目の捜査会議が行われた。本庁からは、赤井を初めとした捜査一課の人間が数名、前列に腰掛ける形で並んでいた。背後には、数十名もの所轄の人間が連なっている。各メディアにも大きく取り上げられるだろう事件だけに、人員の割き方も異常なまでに多かった。

被害者の身元は、中野《なかの》太一《たいち》（二十四歳）無職。直接的な死因は絞殺《こうさつ》によるものだった。ロープ状の物で首を強く絞められ殺されたあと、腹部を切り裂かれたようだ。何故か、遺体から内臓の一部が抜き取られていたらしい。

犯人が内臓を持ち去った目的はわからないが、殺害後にわざわざ腹部を裂いていることから、そこに何かしらのメッセージ性があるのではないか、というのが鑑識からの率直な意見だった。

死亡推定時刻は、昨日の十九時から二十一時の間。現場周辺の状況から、赤井の予想通り犯行現場は別の場所になるとのことだった。現場からは本人以外の毛髪や指紋等は一切検出されていない。例の監視カメラにも、不審な人物や被害者の姿は映っていなかった。

その他、遺体の上着ポケットから二十万円ほど入った黒い封筒が発見されている。多額の現金が残されていることも不思議ではあるが、これで物取りの犯行ではないことが予測できる。何れにせよ、現段階で断定するには余りにも情報不足だった。

赤井は、伸び始めた顎髭《あごひげ》を擦《さす》りながら、淡々と進行する会議を他人事のように眺めていた。会議に参加していていつも思うことがある。まだ本格的な捜査を行っていないのに、こんなに人を集めてどうするのだろうか。現段階でわかっている情報など、配布資料に各自が目を通せばそれで済むことだ。わざわざ全員を集める必要があるのだろうか。

それに、これだけの人数が集まった会議で、手を挙げて意見を述べるには中々の勇気がいる。もし、今このタイミングで手を挙げる者がいたとしたら、それはただの目立ちたがり屋か、もしくは空気を読まない勇者のどちらかだろう。

こんな無意味な会議をしているくらいなら、煙草の一本でも吸いたかった。早く終わらないだろうか……と、時が過ぎるのを待っていると、隣に座っていた人物が予想に反して手を挙げた。

「捜査一課の椎名です。一つ、ご質問しても宜しいでしょうか？」

まじかよ、と赤井は額に手をあてて机に肘をついた。まさか、隣に勇者がいるとは思わなかった。横目で彼女の顔を見ると、やる気に溢れた顔をしている。変な事を言わなければいいが……と、心配したのだが彼女は既に立ち上がっていた。

「腹部が切り裂かれ、内臓が取り出されていたのはわかりますが、そのようなことを素人が出来るものなのでしょうか？」

椎名の質問に会場内がざわついた。といっても、的確な質問にざわついている訳ではない。その多くが、何を言っているんだコイツ？　と思ったに違いなかった。

そんなこと、鋭利な刃物があれば誰にだって出来るはずだ。赤井もそう思った。やりやがったコイツ、とも。

「質問の意味がよくわからんのだが、それはどういう意味かね？」

案の定、正面に座る刑事課長の遠藤が厳しい顔で返した。その眼光は鋭く、首をすくめたままじっと座るさまがダルマの様に見える。その眼差しに普通だったら縮こまるところだが、椎名はむしろ胸を張って背を正していた。

「先ほど、鑑識から出た話が少し気になったんです。確かに、遺体を切り裂くことは誰にでも出来ると思いますが、プロの目で見た結果、何かしらのメッセージ性を感じたということは、むやみやたらに切りつけるような残虐性はなかったのではと思いまして。ひょっとしたら、切り口などに何か特徴があったのではありませんか？」

「どうなんだ？」と、遠藤が鑑識に話を振ると一人の男が立ち上がった。今回、初見の監察を行った人物だ。

「実は、そうなんです。現段階では、まだ断定することができない為、報告を控えさせていただきましたが、切り口から推測するに使用された刃物は医療用のメスだったのではないかと思われます」

「医療用のメス？　ということは、犯人は医療関係者の可能性があるということか？」

遠藤が眉根を寄せて睨むように鑑識に返すと、男は「いえ」と小さく首を振った。

「そうとも言いきれません。というのも、開腹の方法が一般的な手術とは異なります。外科医ならば、普通はこんな切り方はしません。ただ、内臓を抜き取ることだけを目的として行ったのならば、違ってくるかもしれません。ですので、今のところは何とも言えないので、何かしらのメッセージ性があるのではないかと発言いたしました」

「切り口から、プロか素人かくらいわからんのか？」

「難しいのが現状です」

「そうか」と、ため息混じりに遠藤が頷くと、鑑識の男は静かに腰をおろした。

それと同時に会場内が再びざわつき始めた。今度は馬鹿にしたものではない。結果として、今後の捜査方針が変わるほどの情報ではないが、椎名の質問は中々のものだった。今回の事件現場には一切の証拠が残っていない。だからこそ、些細な発見がとても重要になる。

一般的に、凶器として使用される刃物としては、身近にあるナイフやハサミ、包丁というのが主だ。それが医療用のメスとなれば、犯人は最初から被害者を殺害し身体を切るつもりだった可能性が高い。または、それこそ医療関係者のどちらかということになるだろう。その目的はわからないが、少なからず中野太一の身体に付けられた切り傷は、衝動的なものではないと推測できる。

「私からの質問も以上です」と、席に座る椎名に赤井も感心して目を向けた。吐き気に負けて遺体を直視出来なかったはずなのだが、その分どうやら彼女にはプロファイリング力があるらしい。誰も、鑑識の報告で切り口についてなど気にも止めていなかったはずだ。研修生だった頃の三年前と比べて別人に見える。いつまでも彼女を新米扱いしていた自分を反省した。

「他に何かあるか？」

会場内を見渡しながら遠藤が確認すると、今度は誰も手を挙げなかった為、質問は一旦ここで打ち切られた。引き続き鑑識を交えた報告と確認が続けられたのだが第二の勇者は現れない。最終的に、現場周辺の聞き込みと犯行現場の特定を急ぐように指示が出されて会議は早々に閉じられた。

さて……と、慌しく動き出す捜査員を横目に、赤井はワイシャツの袖口を捲《まく》り上げながら皆と反対方向に向かって歩き出した。ようやく一服することができる。普通だったら、早急に現場に向かい検証を行うべきなのかも知れないが、全員が同じことをしても意味がない。

刑事には色んなタイプの人間がいる。〝現場百回〟を実行し足で稼ぐ者がいれば、一歩下がって、じっくりと事件を考察する者もいる。自分は後者でいい。四十代にもなると段々と足が重くなってくる。がむしゃらに走り回ることよりも、何が一番効率がいいのかを考えて行動するようになっていた。一本の煙草をくわえながら、ゆっくりと考えて行動する方が今の自分には合っている。

それに、自分が一緒にいると他のメンバーに迷惑をかけてしまう。将来性のある後輩たちに迷惑をかけるくらいならば、単独行動をとったほうがマシだった。

赤井は長い廊下を真っ直ぐ進むと、胸ポケットに入れていた煙草を取り出しながら、一つ下の階にある喫煙室を目指した。

「赤井さんは、どこに行くんですかね？」

署を出るには反対方向に進む赤井の背を見ながら、椎名は横に立っていた同じ班の高橋《たかはし》学《まなぶ》に声を掛けた。

高橋は赤井の後輩にあたるのだが、椎名からすれば先輩刑事ということになる。ヒョロっとした体格で目が細く、いかにも上司の太鼓持ちをしそうな男だった。

「さぁな、いいからほっとけよ」

その太鼓持ちが両肩を持ち上げて手のひらを上に向けると、椎名は「えっ？」と声を上げた。

「赤井さん抜きで始めるんですか？」

「あの人はカラスなんだ。構うことはない」

「カラス？　なんですかそれ」

　口を尖らせながら首を捻る椎名に、高橋は面倒臭そうに頭を掻いた。

「警視庁捜査一課特別援護班――通称『カラス』。一般的な事件は取り扱わず、残虐性の強い大きな事件のみ呼ばれる連中だ。同じ課でも俺たちとは扱いは別になる。まあ、普通に働いていて関わることは少ないから、お前は知らなくても仕方がないけどな」

「ということは、今回の事件はそれだけの事件だってことですよね」

「誰が判断したのか知らないけど、赤井さんがここにいるってことはそういうことだろ」

　大きな鼻息をつくと、高橋は「ただなあ」と続けた。

「あの人は、自分ひとり自由気ままに飛び回って事件をつつくからな。頭は切れるけど、勝手な行動が多いから誰もチームを組みたがらない。まぁ、ぶっちゃけて言えば、はじかれ者のカラスってことさ」

　そう言って、高橋は去っていく赤井の背を顎で指した。

　カラスかぁ……と、椎名も赤井に目を向けた。言われてみれば、セットされているのかどうか判別が付かないようなボサボサ頭と、彼がいつも着ている濃いグレーのワイシャツがどこかカラスを連想させた。高い目線から首だけを折り曲げて遺体を眺めている感じなんかは、まさに屋根から地上を見下ろすカラスのようにも見える。本人が自覚しているかどうかはわからないが、口数も少ない為、他人から誤解されやすいタイプではあった。

「でも私、研修生のとき赤井さんから基礎を教わりましたけど、そんな人には思えなかったのですが」

「そりゃ三年前の話だろ？」

「そうですけど」と、椎名が答えると、高橋は口を半開きにして下唇を突き出した。

「お前、確か研修直後に何かの手術で長期入院してたことあったよな？」

「……はい。扁桃腺《へんとうせん》の手術で一ヶ月ほど」

「ふーん、なるほどな。それじゃ知らなくても仕方がないか」

「何をですか？」

首を捻る椎名に、高橋は「いや別に」と顔を歪ませながら手を振った。

「確かに、昔はもっと面倒見もよく熱のある人だったんだけどな。今じゃあの通りだ。年月は人を変えるんだよ。カラスになった人間は特にな。加えて、今の赤井さんについて上の人間も余り良くは思っていない。だから、あの年齢になってもいつまでも昇進しないのさ」

とにかく、と高橋は話を区切ると椎名に向かって指を差した。

「お前も先を考えているのなら、あの人とはあまり関わらないほうが身の為だ」

「はあ……」と、椎名は力なく相槌《あいづち》を打った。

要するに高橋は、上から目を付けられた将来性のない赤井には関わらない、力の無い者にはついて行かないという、彼なりの出世術を述べているのだ。

「でも、同じチームになったんですよね」

「同じチームだからこそ、関わらないほうがいいんだよ」

そう言って、高橋は赤井の進む方向に背を向けた。

「あの人のペースに合わせてもたもたしていると、被害者の情報が段々取れなくなるぞ。初動捜査はスピードが命なんだ。早い段階で、被害者の当日の動きがわかれば事件の全貌も見えてくる。中野太一が事件当日に何をしていたのか……どうして殺されたのか。今は、それを調べることが最優先だ」

ほら行くぞ……と促され、小さくなっていく赤井の背を目で追いながら、椎名は高橋の後についていった。

三

外は思った以上に肌寒かった。いつの間にか、空はどんよりとしたねずみ色に変わっている。まるで今の自分の心情を表すような天気だった。

中野太一は、半袖から出ている二の腕を擦りながら出てきた建物に目線を向けた。ガラスの引き戸には、爽やかな青年が拳を掲げたポスターが貼ってある。

【きっと見つかる明るい未来】と書かれたキャッチコピー。いかにも職業安定所らしいポスターに舌打ちした。こんな所で明るい未来など見つかる気がしない。過剰広告もいいところだ。苛立ちをぶつける様に玄関口に唾《つば》を吐き捨てた。

勿論、自分が悪いのはわかっている。これまで、一度もまともな仕事に就いたことがなかった。日雇いの仕事を数回ほどやってはみたが、どれも長くは続かない。日々の生活を維持する為に、気がつけば金融会社のお世話になっていた。

負債を減らそうと、手を出したギャンブルは当たり前のように失敗。借金だけが膨れていった。きちんとした仕事に就かなければ、一生この借金地獄から抜け出すことはできない。今更ながらもその事に気付き、こうして職業安定所を訪ねてみたのだが、担当者に希望する収入を告げただけで鼻で笑われ腹が立った。

「希望どころか、残念ながらこれではどこも採用してくれませんよ。職歴欄が空白だらけじゃないですか。せめて、過去五年くらいはきちんと埋めないと。それに、髪型も変えたほうがいいですね。前髪が目に掛かっているだけで、面接官からの印象は悪くなりますから」

そう言って、呆れたようにため息をつく担当者の顔を思い出す。ベテラン臭の漂う中年の女性だった。

美容室に行く金がないのにどうしろというんだ。職歴欄だって書けないから書いてないんだよ、と本当は言いたかった。ただ、それを言ってしまえば今度は自分の過去を問いただされてしまう。怒りを露《あらわ》にして出て行くしかなかった。

熱くなった脳が次第に冷めてくると、太一は項垂《うなだ》れるように下を向いた。相談相手に喧嘩を売ってどうするというのだ。仕事が見つからなければ残された道は夜逃げくらいしかない。只でさえ、肩身を狭くして生きているというのに、借金取りの影に怯えて暮らすことになるのか……。

細い路地を歩きながら、先の見えない暗闇に足を踏み入れようとしていたときだった。

「すみません」と背後から声が聞こえた。

最初、自分に言っているのかわからずに無視していたのだが、再度、声を掛けられ振り返るとスーツ姿の若い女性が立っていた。

真っ直ぐ伸びた長い黒髪。目鼻立ちの整った顔には、赤ぶちの眼鏡が掛かっていた。その容姿は、どこか社長秘書を連想させる。間違いなく美人と呼べるのだが、その顔に見覚えはなかった。

「俺？」と太一は自分に指を向けると、その女性は笑みを浮かべて頷いた。

「突然すみません。職業安定所から出てこられたので、仕事を探しているのではないかと思いまして」

急な話に、太一はその女性を上から下まで一瞥《いちべつ》した。怪しい勧誘の類いではないかと思ったからだ。その反応に気付いたのか、彼女はハンドバッグから慌てて名刺入れを取り出した。黒い革張りの高級そうな名刺入れだった。

「申し遅れました。わたくし、こういう者です」

太一は、差し出された名刺を覗き込んだ。

【黒野派遣事務所　アシスタントマネージャー　九条美咲《くじょうみさき》】と書かれている。

「今、派遣社員を募集しておりまして。就職にお困りでしたら、うちの事務所にご相談だけでもどうかと思いまして」

「派遣……ですか」

太一は、受け取った名刺をじっと眺めた。初見の印象とは違い、物腰の柔らかいこの女性からは嫌な感じはしなかった。少なからず、さっきの職安よりも格別にいい。チラリと美咲に目線を向けた。彼女は長い黒髪を耳にかけ小さく頷いた。

「事務所もここから車で十五分ほどのところにあります。よろしければ送らせていただきますが、いかがでしょうか？」

「ちょっと待ってくれ。それは有難いんだけど、その前にどうして俺なんだ？」

疑うわけではないが、どうも腑《ふ》に落ちなかった。職安の前で勧誘する相手を探していたのであれば、相手などいくらでもいたはずなのだ。

彼女は顎に人差し指をあてると、「そうですね」と考えるように目線を上に向けた。

「少し説明しづらいのですが。理由を挙げるとすれば、どこか他の人にはない雰囲気を持っていたから……ですかね」

「雰囲気？」

「ええ。まるで夜逃げでも考えていそうなくらい、重い雰囲気を纏《まと》っていましたので、何か手助けができればいいなと思いまして」

そう言われて太一は息を呑んだ。この女性には超能力でもあるのではないかと疑ったくらいだ。もし本当に自分の見た目だけで判断したのであれば、よほど優れた洞察力を持った人物といえるだろう。

再度、彼女に目を向けた。相変わらず優しく目尻を下げている。何だか気味が悪いが、眼鏡の奥の瞳は吸い込まれそうなほど澄んで見えた。

「心配なさらなくても大丈夫です。相談に手数料なども一切掛かりませんし、当所でしたら、きっといい仕事が見つかると思いますよ」

「はぁ……」

美咲の勧誘に太一は改めて考えた。急に飛び込んできた話なだけに、どうしても身構えてしまう。だが、断る理由はこれといってなかった。どの道、このままでは彼女の想像通り夜逃げすることになってしまう。それこそ明るい未来などない。

とりあえず話を聞くだけ聞いてみるか……。そう思い、太一は頷くと半信半疑ながらも彼女について行くことにした。

案内された場所は、まるで何かの施設のようだった。レンガ調の外壁に、オレンジ色の瓦屋根といった洋風の平屋が何棟か連なっている。建物の前には花壇が広がり、端の方には煙突の伸びた大きな焼却炉が見えた。

「無駄に広いですよね」

不思議そうに周囲を見渡す太一に、前を歩く美咲が声を掛けた。

「ここは以前、身寄りのない者を引き受ける保護施設だったんです。今は閉鎖されていますが、建物をそのまま活かして派遣事務所になったんですよ」

なるほど、と太一は頷いた。どうりで建物のわりには人の気配がない訳だ。

「どうぞ、こちらです」

美咲に促されて、正面にある一番大きな建物に向かった。扉には、黒野派遣事務所と書かれた小さな看板が掛かっている。その扉をくぐり抜けた所で靴を脱いでいると、段差のないバリアフリーになっている事に気がついた。これも施設の名残りなのかもしれない。

手前に受付らしきカウンターがあった。その向かいには長椅子が設置され、所々に観葉植物が置かれている。全体的に白を基調とした明るい内装に、閉鎖するには勿体無い施設だっただろうな……と太一は思った。閉鎖の理由は知らないが、これならば老人ホームとしても活用できそうだ。

「本来でしたらここで受付をしていただくのですが、それは後で構いませんので、今回は先に所長とお会いになってください。そちらの扉から入っていただければ中におりますので」

カウンターの前に立った美咲は、そう言って奥の扉に手のひらを向ける。

濃い木目調の扉を前に、太一は一つ大きく息をついた。ただの相談とはいえ、会社の人間と面接を行うことすら久々だった。

手のひらがジンワリと汗で滲んでくる。ドアノブを汚さないようにズボンで拭うと、扉をノックし、「失礼します」と一言添えて押し開いた。とりあえずは、面接のマニュアル通りにしたつもりだ。

首を伸ばすようにして中を覗くと、まず先に二つの黒革のソファが目に付いた。長方形のガラステーブルを挟むようにして、向かい合うように置かれているのだが、何故か左側が三人掛けで、右側が一人掛けといったアンバランスな配置になっている。

その背後の壁には、五十インチはありそうな大型の液晶テレビが埋め込まれていた。ここで映画を観たらさぞかし迫力が出るだろう。お金の掛けられた内装に一気に緊張が高まった。自分には不釣り合いな場所に来てしまったのではないだろうか……と。

手前にあった目線を更に奥へと向けると、銀色のデスクを挟んだ向こう側で、一人の男性が椅子に座っていた。上半身しか見えないが、太目のストライプが入った黒いジャケットを着ており、長めの髪をすべて後ろに流している。

「どうぞ中へ。そちらへお掛けになってください」

その男は、見た目以上に低い声を出した。

太一は、再度「失礼します」と頭を下げて足を踏み入れると、言われた通りに三人掛けのソファへ腰掛けた。思っていたよりも弾力性がある。高級品はさわり心地も違うのだな、と感心しながらソファの表面を撫でていると、急に風車が回るような音を耳にした。カラカラカラ……と、乾いた音だ。

何かと思い、手元にあった目線を音のする方に向けると、一瞬、視界に入った光景に自分の目を疑った。机の向こう側にいた男が、座高をそのままに滑るように移動してきたのだ。

彼は、座椅子に腰掛けていた訳ではなかった。つまりは車椅子に乗っていたのだ。先ほどの乾いた音は、彼が乗っている電動車椅子の車輪が回る音だった。

男が手元のレバーを器用に動かしながら、一人掛けのソファに横付けしたのを見て、だから片側だけ一人掛けのソファになっていたのかと納得した。

手には分厚いファイルが持たれている。「黒野と申します」と、車椅子の男は名乗ると、そのファイルをガラステーブルの上に置いた。

年齢は、四十代前半くらいだろうか。口角こそは上がっているものの、やや吊り上った目付きの為か感情が読みにくい。まるで、精巧に出来たロウ人形と対面しているかのようだった。

「そんなに車椅子の人間が珍しいですか？」

「あっ、いえ……」

太一は慌てて固まっていた表情を崩し、「すみません。緊張していて」と手を振ると、対面にいる黒野はそのキツネ目を更に細めた。

「堅苦しい面接を行うつもりはありませんのでどうか楽にしてください。それに、私たちが募集する派遣社員は、やる気さえあればお断りすることもありませんから」

「そうなんですか？」と相槌を打ったが、内心信じてはいなかった。やる気さえあればいいというのは建前であって、実際に問題があれば何かの理由を付けて断られるのが落ちだろう。

そう思っていると、案の定、履歴書を見せて欲しいと頼まれた。この履歴書を見れば、きっと黒野の顔色も変わるはず。そう思いながらも、太一は職業安定所に出したものと同じ履歴書を彼に預けた。

黒野は、黙って履歴書に目を通すと、「一つ、ご質問してもよろしいでしょうか？」と声を上げた。

やっぱりそうか、と太一は膝の上に乗せた拳に力を込めた。過去五年の空白について聞かれるに違いなかった。だとすれば、それは答えられない。話したくない理由があるのだ。やはり、きちんとした仕事に就くのは無理なのかもしれない……。この派遣事務所に抱いていた淡い期待は、この瞬間に諦めへと変わり始めた。

ところが、黒野からの質問はそんな履歴についてではなかった。聞かれたのは、「現在の健康状態はどうか？」といったものであり、太一の過去に触れるものは一切ない。体調も良好で持病もない事を告げると、黒野は実にあっさりと首を縦に振った。

「では問題ありませんね。早速、働けるように手配いたしましょう」

目の前のファイルを手に取り、何かを探すように淡々とめくり始める黒野に、「いいんですか？」と太一は身を乗り出した。

「何がです？」

「いや、その……履歴欄とか空白ですけど」

確かに聞かれたくない内容ではあるのだが、全く触れてこないのも気味が悪い。勿論、聞かれても答えるつもりはないのだが、後々に面倒なことになるのも嫌だった。

「私は以前、保護施設を経営していたことがありましてね。そのこともあってか、人を評価するのに過去の履歴など関係ないと考えています。重要なのは現在、そして未来です。例えどんなに酷い過去があろうとも、本人がきちんと更生しているのであれば、その人の未来を後押ししたいと思っています」

黒野はファイルを静かに閉じると、「それが私の信念ですので」と、前のめりになる太一に目線を合わせた。

悟されるような黒野の言葉に、太一はスウッと息を吸い込んだ。歯の浮くような綺麗事を聞かされたはずなのだが、何故か心に響いてくる。

これまで受けた面接の中で、黒野のような考えを持つ人間は誰一人としていなかった。どの面接官も注目するのは、これまで自分がどのように生きてきたのか、だった。そして大抵が、答えられない自分に白い目を向けるのだ。

捨てる神がいれば、拾う神もいるのだな……と、一瞬、胸の内が熱くなった。

「さて、出来ればきちんとした希望をお聞きしたいのですが、本音のところどれくらいの収入をお望みなのですか？」

深く干渉することなく話を進めてくれる黒野に、太一は正直に話した。自分には借金があり、最低でも月二十五万円は手取りで欲しいということ。体力に自信があるわけではないので、肉体労働は避けたいということ……。

勿論、今の自分からすれば、それが高望みであることはわかっていた。それでも、きちんと借金を返しつつ生活していくにはそれくらい必要なのだ。

「なるほど」と、黒野は批判することなく頷くと、再びファイルをめくり始めた。

「では、こちらなどいかがでしょうか？」

開いたファイルを目の前に差し出され、太一は覗き込むように目線を落とすと、見慣れない名称がそこに書かれていた。

【プッシュマン　日給五万円】

見た瞬間に、クエスチョンマークが飛んだ。プッシュマンなどという仕事は、見たことも聞いたこともない。名前から想像する限り、何かを押す仕事になるのだろうか。

それに、名前もそうだが注目すべきは日給の高さにある。これだけの高額支給は、思いつく限り水商売系しか考えられなかった。しかも、それは限られた女性に対してだけだろう。どのみち、冴えない自分には縁のない世界であることは確かだった。

「用意された社宅に、住み込みで働いていただくことになりますが、こちらでしたら日給五万円の現金支給が受けられます。ですので、五日間ほど働いていただければ、貴方の希望する収入は得られますよ」

「住み込みは別にいいんですけど。でもこれ、一体何をする仕事なんですか？　こんなに高い日給なんて、普通じゃないですよね」

「プッシュマンは、名前の通りにボタンを押す仕事になります。ただそれだけです」

「ただボタンを押して五万円って……冗談でしょう？」

表情を変えずに淡々と話す黒野に、太一は顔をしかめた。いくらなんでも、そんなはずはない。からかわれているようにしか思えなかった。

「冗談話ではありません。肉体労働以外を希望されていたので、力仕事もなく比較的高収入の仕事をご提案させていただいているつもりです。プッシュマンは、特に資格も要りませんし、やり方さえ覚えていただければすぐに出来ますよ」

黒野はファイルのページを一枚めくると、「仕事内容」と書かれた項目を指差した。そこには、簡単なイラストが描かれていた。

壁に赤いランプのような物が一つあり、その下には丸いボタンが横並びに三つ。古いエレベータに付いているようなボタンだ。それらのイラストの横に吹き出しコメントがある。「ランプが点灯しましたら、三つのボタンを左から順に素早く押しましょう」と書かれていた。

黒野の言うとおり、ボタンを押す行為しかそこには書かれていない。だからこそ、より一層の疑問が湧いてくる。ボタンを押すだけで日給五万円の支給は、明らかに裏があるとしか思えない。イラスト付きの可愛らしい説明文が、逆に不気味に見えた。

「これは一体、何のボタンなんですか？」当然の質問をしたのだが、黒野は「それはお答え出来ません」と首を左右に振った。

「企業秘密になるため、詳細を派遣員に漏らすことはできないのです。プッシュマンは与えられた指示に従って、ただボタンを押すのみ。自分が押すボタンのことを詮索してもいけません。それが、この仕事を行う上でのルールです」

「それじゃ、何のボタンだかわからないものを押さなきゃいけないんですか？」

「そうなりますね」と、黒野は頷いた。

想像すると妙な気分だった。そもそも、普段の生活で押したらどうなるかわからないボタンというものに遭遇したことがない。

「詳細を知ることが出来ないということに、少なからず不安やストレスは感じるでしょう。しかし、ルールを守って行動していただくだけで日給五万円というのは、今の貴方にとっては魅力的ではありませんか？」

誘導的な言葉に、太一は黒野に目線を向けた。先ほどまでのロウ人形が、随分と人間味を帯びたように見える。

「あの……この仕事、本当に大丈夫なんですか？　ボタンを押すことで、自分の身に何か起きるとかじゃないですよね？」

せめてそれだけは知りたかった。念を押すように確認すると、黒野は「勿論、そのような危険な仕事ではありません」と頷いた。

「だったらなんでこんなに高い給料が貰えるんですか？」

「それも本来はお答えできないのですが、そうですね……」と黒野は一瞬、空中を眺めてすぐにまた視線を戻した。

「非公式の仕事だから、とだけ言っておきましょう。つまり、公に依頼することが出来ない仕事だということです。高額支給になっているのは、働いた者への口止め料も含まれているとお考えください。ですから、当然ながらプッシュマンを行った者は、働いたことすら口外してはいけないということです」

　やっぱりそういうことか、と太一は唇を噛んだ。ボタンを押すだけなどというのは、本来ならば仕事にするようなことでもない。つまり、あえて他の者に頼むということは、何かしらの理由があるからなのだ。当然ながら、その理由は聞いたところで答えてはくれないだろう。

「ですが、ルールさえしっかり守っていただければ、貴方にとってデメリットは何もありません。勿論これは、ご提案ですのでお断りいただいても結構です。プッシュマンは当所でも大変人気の高い派遣になっておりますので、もし中野様がされないのであれば、他の方にお話を回させていただくだけですので」

　その言葉に、太一は顔を伏せて頭を掻いた。非公式という言葉に抵抗はあるが、実際問題、早急にお金が欲しいのは事実。むしろこの仕事を断り、借金が返済できなければ自分の身が危うくなることは間違いない。だったら、この男を信じて働いたほうがいいのではないだろうか。

「どうなさいますか？」

催促の言葉に、太一は大きく息を吸い込むと、意を決して伏せていた顔を持ち上げた。

「わかりました。そのプッシュマンって仕事、俺やりますよ」

両目を大きく見開き返事をすると、黒野は「よかった」と笑みを浮かべて頷いた。

「では早速、契約の手続きをさせていただきます。こちらに、ご署名と捺印をいただけますか」

まるで返答がわかっていたかのように、すぐさま一枚の契約書を黒野から差し出された。すでに黒野派遣事務所のサインと印が押されている。その下に、署名と捺印をする箇所があった。

太一は念のため、契約書に再度目を通した。仕事内容と支給面に加えて、情報の流出を禁止する内容が書かれていたが、先ほど聞かされた内容と相違なかった。ペンを受け取り署名すると、職安で使うつもりだった印鑑を押してそれを黒野に返した。

「これで契約完了です。早速ですが、明日から働けますか？」

随分と急な話だが、特に問題は無かった。「わかりました」と頷くと、黒野は手を叩き美咲を呼び寄せた。彼女は、小さなお盆にティーカップを二つ乗せてすぐさま現れた。

「ハーブティーです。よろしければどうぞ」

そう言って、横からカップを差し出された。こうして近くにいると、ハーブティーよりも彼女の長い黒髪からシャンプーのいい香りがする。仕事が決まったせいか、他のことに注意がいってしまうのは悪い癖なのかもしれない。

改めて見ても美咲は魅力的な女性だった。これも何かの縁ということで、後でどうにか連絡先でも聞けないだろうか。そんな下心を抱いていると、向かいで黒野が小さく咳をついた。

「中野様、お茶を飲みながらで結構ですので、私からの提案もお聞きいただけますか？」

「なんですか？」

「プッシュマンの契約をしている間は、ギャンブルを禁止させていただきたいのですが宜しいでしょうか？」

「えっ？」と、ティーカップを持ったまま太一は目をしばしばさせた。勿論、借金を返すことは頭にあるが、五万円という高い日当が手に入ったら自分へのご褒美にパチンコでもしようかと算段していたのだ。

「と言いますのも、借金返済のチャンスをギャンブルなどで無駄にして欲しくはないのです。どうでしょうか、今までの自分を変えるつもりで、お約束していただけませんか？」

全てを見通しているかのような黒野の眼差しに、太一はいつの間にか滲み出ていた額の汗を手で拭いとった。元々、ギャンブルが原因で借金が膨れていったのは事実。これは、ある種の依存ともいえるだろう。その根底が直らない限り、借金返済はできないと黒野は言いたいのだ。それは自分でもわかっているつもりだった。

「……わかりました。約束します」

搾《しぼ》り出すように答えると、黒野は「よかった」と三度頷いた。

「与えられたルールや約束を守ることも大切ですが、過去の過ちを繰り返さない更生の意志が何より大切だと私は思っています。ですから、中野様には誘惑に負けることなく過去の自分に打ち勝つ、強い信念を持っていただきたいですね」

説法のような黒野の言葉に耳を傾けながら、太一は苦い水ならぬ苦いハーブティーを飲み込むと、小さく「頑張ります」と答えた。

ルール

四

「お前達には、刑事としての信念が無いのか？」

脳の血管が切れたのではないかと思うくらい、顔を紅潮させた遠藤が目の前のデスクを叩いた。両目が血走り、ハリを失った頬が小刻みに震えている。

本庁の会議室に呼び出された赤井たちは、全員で顔を伏せて彼の興奮が収まるのを待っていた。今、目が合えば即座に噛み付かれるのを知っているからだ。つまり、それだけ捜査に進展が無いということだった。

「今回の事件と被害者の過去に繋がりがあると決まったわけでもないのに、他県への捜査協力申請や出張経費を出すことは出来んよ。そんな金がどこにあるというんだ」

そう言って、遠藤は自分だけに用意した湯飲みに口をつけると、フンッと鼻息を荒くさせた。

あれから、所轄の協力を得て現場周辺の聞き込みを徹底的に行ったのだが、深夜の時間帯ということもあり目撃情報は何も入ってはこなかった。中野太一の殺害現場も同様に掴めていない。とはいえ、現場に痕跡が何も残されていなかった時点で、こうなることはある程度予測がついていた。

捜査一課としては、早々に着眼点を被害者の身辺に切り替えた。彼の生活環境や交友関係を洗い出し、そこから彼が殺された理由……つまりは、犯人の殺害動機が何なのかを絞り込もうとしたわけだ。

まず、中野にはギャンブル癖があり、闇金から二百万円ほどの借り入れがあったことがわかった。その絡みで何らかの金銭トラブルがあった可能性も考えられる。

遺体から抜き取られた内臓は、ひょっとしたら臓器売買にかけられたのではないか、という意見もあった。眉唾物の話ではあるが、確かにそれならば殺害後に内臓を抜き取られていた理由にもなる。

しかし、それだと説明がつかないことがあった。遺体に残された現金の入った封筒だ。もし仮に、金の回収が目的で殺されたのであれば、遺体に現金が残されていたのは不自然。おまけに、殺人に加えて臓器売買という重罪が判明する遺体をわざわざ犯人が、発見されやすい場所に移動させるようなことはしないはずなのだ。

そう考えた上で、彼が殺された理由は別にあるのではないか、というのが理論上の着地点だった。そこで今度は、中野太一の過去に注目した。すると、実に興味深い事実が判明したのだった。

今から六年前、当時まだ十八歳だった中野は交友関係のもつれから、高校の同級生を刺し殺すという殺人事件を起こしていた。一時的な感情によるものだったらしいのだが、未成年だったこともあり少年法による今後の更生を考慮され、懲役五年という判決が下された。そして昨年、その刑を終えたばかりだったのだ。そのこともあってか、未だに定職に就けずにいたものと考えられる。となれば、中野太一に恨みを持つ人物は少なからずいたことになる。

この事実により、当時、中野によって殺された被害者の遺族関係に目を向けた。そして、いざ捜査に乗り出そうとしたのだが、思わぬところで遠藤から「待った」の声が掛かった。

中野の地元は、宮城県の仙台市だった。つまり、当時の被害者遺族を調べるということは、当然ながら出張捜査が必要になってくる。そのことについて、遠藤は快く思っていないのだ。

「高橋、お前はどう思うんだ？」

遠藤から急に話を振られ、高橋は両目を左右に泳がせた。どうして俺なんだよ、と顔に書いてある。

「可能性の話になりますが……」高橋は、おもむろに口を開いた。「その線を追うことに意味はあると思います」

「根拠はあるのか？」

「中野太一は、当時ナイフで事件を起こしていました。今回の遺体も殺害後に、刃物で腹部を切り裂かれています。この行為も、遺族の復讐を込めたものだと考えれば、説明もつくかと……」

語尾を濁すように高橋は言うと、遠藤は「そうか、だったら行くべきだな」と手のひらを返すように頷いた。

「えっ、ですが……経費は出せないって……」

「経費は出せない。つい先日、残業と経費を削減するようにと、上から通達があったのを知っているだろ？　ただな、それが正しい行動だと思うのならば、例え経費が出なくとも行くべきだ。それが刑事の信念ってやつだろう？　だからさっきも聞いたのだよ。お前達には刑事としての信念が無いのか？　とね」

なんだよそれ、と高橋は思ったに違いなかった。口を横一文字に閉ざしている。つまり、自腹を切って行ってこいということだった。遠藤は、最初からそうさせるつもりで、誘導的に話していたのだ。

極めつけが、「そういった自主的な行動が評価を上げるんだがなぁ」だった。

この言葉で、高橋の顔色が反転した。太鼓持ち根性に火が点いたのか、次の瞬間には「わかりました。だったら俺が行って来ます」と、胸を張って答えていた。その言葉を受け、遠藤は「そうかそうか」と、満足そうに頷いている。

ベタな餌に喰い付いてどうするんだよ……と、端の席で聞いていた赤井は小さく鼻からため息を吐いた。こんなことで評価が上がったら苦労はしない。

確かに、中野太一の過去を追うのは大事なことだ。ただ、その前に調べなければならないことがもう一つある。それは、中野が殺されるまでの行動だった。

彼には、六日間の空白があったのだ。自宅アパートにも帰らずに、殺害されるまでの六日間、彼はどこで何をしていたのか……それを調べる必要があった。

宮城県に向かう高橋と二手に別れることにして、赤井たちは一度解散することにした。長期戦になることを覚悟し、出張捜査に乗り出す高橋だけではなく、皆もこれから暑に泊まり込むための着替えを家に取りに帰るそうだ。

遠藤もそれは許可した為、赤井もそうすることにした。


中央線に乗り込み八王子方面に向かうこと数駅。武蔵境駅のホームを出ると、赤井は若者達の波に紛れて自宅を目指した。この辺りは学校も多く、学生達が住むアパートも数多くある。二十三区外ということもあり、自然も多く住みやすい場所だった。

駅の小さなロータリーを抜け、左手にあるお寺の墓地を横目に真っ直ぐ十五分ほど歩くと間もなく自宅が見えてくる。真新しいブランドアパートに、囲まれるように建つ築年数の経ったボロアパートの一室……そこが今の赤井の住処《すみか》だった。

木造の為か、隣の部屋からイビキ声が聞こえるくらい壁が薄く、何処からか隙間風が入るせいで夏は暑く冬は寒い。ここの良いところを無理矢理挙げるとするならば、粗悪なりにも雨漏りがないことくらいだろう。

勿論、最初からこんなアパートに住んでいるわけではない。三年前までは、もっとまともな場所に住んでいた。同じ二十三区外の中古物件ではあったが、結婚して十年目で五階建てマンションの一室を背伸びして購入し、家族三人で同じ屋根の下、暮らしていたのだ。

こうなってしまったのは他でもない。妻の涼子《りょうこ》と、今では高校三年生になる娘の早苗《さなえ》が家を出ていったからだ。いや、厳密にいえば赤井が出ていった……出ていかざるを得なかった、というのが実際のところで、そのマンションには現在も涼子と早苗が二人で住んでいる。辛うじて籍だけは残っているが、生活は完全に別というのが現状だった。

別居することになった原因は明確なものだった。ありきたりな浮気やギャンブルといったものではなく、一方的な暴力があったわけでもない。その辺は、ごくごく普通の家庭並みにうまくやってきたつもりだった。

何が原因かと問われれば答えは一つ。それはすなわち、赤井が刑事だったから……と答えるしかない。とはいえ、このことを他人に話すと、「何言ってんだ。いくら刑事が特殊な仕事だからといって、世の中に刑事の夫を持つ妻が他に何人いると思ってるんだ？」と、ほぼ全員が呆れたように指摘してくることだろう。だが、そうじゃない。赤井の場合、刑事という特殊な仕事であり、尚且つ特殊なことが起きてしまったが故にこうなってしまったのだ。

何が起きたのかは聞かれても他人に話すことは出来ない。そして、話すつもりもなかった。だからいつも、別居の原因を聞かれたときは「生活リズムの不一致」だと赤井は答えている。もっとも、そんな原因を聞いてくる者も、今となっては誰もいないのだが。

赤茶色に錆《さ》びついたアパートの階段を上ると、すす汚れたドアの鍵を外して中へと入った。薄暗い玄関の電気を点け奥へと進む。部屋は奥にある六畳一間だけだ。そこに生活できる必要最低限のものが詰まっている。

部屋に入ると、すかさずテーブルに置いてあったテレビのリモコンを手に取った。特に何か見たいわけではない。帰ったらテレビをつける、それが習慣の一つになっていた。物静かな空間に一人黙っていると、どうしても侘《わび》しさを感じてしまう。何か雑音を耳にするだけでよかった。

テレビから聞こえてくる笑い声を耳にしながら、赤井は冷蔵庫から惣菜のパックを取りだした。先日スーパーで買ったセール品で、豚肉入りの野菜炒めが半額になっていた。プラスチックの容器にかかったラップを半分だけ剥《は》がし、割りばしで挟んで口に放り込んだ。豚肉の脂《あぶら》が白く固まり、悪い意味で野菜に絡んでいる。お世辞にも美味しいとはいえなかった。まるで生ごみを突ついているような気分だ。

だが、これといって他に食べるものもなく、今から買い出しに行くのも面倒なので仕方なく我慢した。こうして機械的な冷たい料理を食べていると、ふと家庭の味が恋しくなる。涼子は料理が得意というわけではなかったが、それでもいつも自分好みの味付けで出してくれていた。

最後に彼女の手料理を食べたのはいつだっただろうか。きっと、今頃は夕飯の支度をしていることだろう。そして、それを娘の早苗が手伝っているに違いない。今日は、一体何を作るのだろうか……。

　絶対にありつけない夕飯を想像していることに気付き、赤井はすぐさま首を振った。考えるだけみじめになり、むなしくなるだけだ。黙って目の前の惣菜を口に詰めた。

　適度に腹がたまったので、赤井は荷造りを開始した。何泊分になるかはわからないが、ワイシャツと下着と靴下だけ適当に用意すれば大丈夫だろう。

　旅行用のボストンバッグの口を手で広げながら持ち物を確認していると、つけていたテレビにニュースが流れ始めた。赤井は手を止め画面に目を向けた。中野太一の事件が報じられていたのだ。

　どこから入手したのか、中野の顔写真が大きく映し出されている。彼の過去については報道陣に伝えていない為、流れているのは彼の死を暗く伝えるものだった。

　だが、それも時間の問題だろう。数日後には、中野の過去の悪事が報道されることになるはずだ。そこに、被害者のプライバシーを守る優しさはない。犯人逮捕でもされない限り、真新しく話題性のある情報を電波を通じて皆に伝える……残酷だがそれがメディアだ。

　一通りの身支度が完了し、煙草をくわえて火を点けると、突然ポケットに入れていた携帯電話が振動した。誰かと思い画面に目を向けると、【涼子】と表示されている。赤井は一瞬出るのをためらった。

　妻相手だというのに、上司と会話するよりもはるかに緊張する。それだけ久々の電話だった。ただ、涼子から電話をかけてくることは滅多にない。何か緊急の用があるのかもしれないと思い、急いで煙草を灰皿へ押し付け「もしもし」と、くぐもった声で出た。

「もしもし、いま大丈夫？」

「あぁ……どうかしたのか？」

「どうかしたのか……じゃないでしょ。検査の結果を連絡してくれって言ったのはそっちじゃないの」

　苛立ちを含んだ涼子の声に、しまった……と、赤井は壁に掛けていたカレンダーに目を向けた。今日の日付蘭に、赤字で【早苗検査結果】と自分で書いておきながら、それをすっかり忘れていたのだ。

「そうだったな。それで、どうだったんだ？」

　あたかも、ちゃんと覚えているかのように尋ねると、通話口から涼子のため息が聞こえ、赤井は一瞬息を呑んだ。

　早苗は、網膜色素変性症《もうまくしきそへんせいしょう》と呼ばれる先天性の目の病気を抱えていた。この病気は、視細胞の異常により徐々に視力が低下してしまう難病になる。個人差にもよるが、早苗の場合は将来的に完全に視力を失うだろう、と医者から告げられていた。

　現在、効果的な治療法は見つかっていない。人工的に造られた網膜を移植する研究が進められているらしいのだが、未だに臨床実験の段階にあり実用許可が下りるまでにはまだまだ時間が掛かるとのことだった。

つまり、今できることは定期的な治療により、少しでも視力低下を遅らせることしかない。自分たちは、ただ悪化しないことを祈ることしか出来なかった。

「今のところ、変わりないって」

涼子は、そっけなく答えると再びため息を吐いた。どうやら、彼女のため息は約束を忘れていた自分に向けられていたようだ。どうして大事な娘のことを忘れるわけ？　と、言いたいのだろう。あなたの下手くそな嘘くらいわかるわよ……と。

相変わらず胸に針を刺されるような対応をされるが、それでも早苗の病気が進行しているわけではなさそうなので安心した。「それなら良かった」と、だけ赤井は返した。

涼子は、自分たちが極端に早苗を心配することを意図的に避けていた。親が下手に心配すればするほど本人が不安になる。「だから私たちは、早苗を普通の健全な子としてみましょう。それが彼女の為でもあるわ」……そう涼子に提案され、赤井もそれに同意した。そして、実際にそうやって育ててきた。これは別居する前からの話だ。

よほどのことがない限り、彼女はその考えを曲げるつもりはない。本人の自由な意志を尊重し、他人は「心配ご無用」というのが、子育てにおける彼女なりの信念なのだろう。赤井もそこに異論は唱えなかった。何か文句をつけようものなら、「子育てとは無縁のあなたは黙ってて」と、言葉のナイフで突き刺されるのはわかっているため、その辺は彼女に任せている。

しかし、そんな涼子もさすがに早苗の進路だけは気に掛けていた。早苗は、進学することなく就職するつもりらしい。今後、自分に掛かるであろう多額の医療費を考え、あまり負担を掛けないようにしたいと思ったのだろう。勿論、そんなことは言ってこないが彼女の考えくらい想像ができた。

それが本人の意思ならば、と思うこともあるのだが実際のところ病気を抱えた人間を採用してくれる会社は多くはない。たとえ就職できたとしても、この先、苦労するのは目に見えている。だからこそ、涼子は早苗にせめて楽しい大学生活を送って欲しいと考えているのだ。

「早苗は……いるのか？」

「いるけど、代わろうか？」

「あぁ、頼む」

「ちょっと待って」と、涼子は話を区切ると、恐らく近くにいたであろう早苗に声を掛けた。

(早苗……電話、代わってあげて)

通話口を指で押さえているのかもしれないが、かすかに声が漏れている。

(えっ、お父さんでしょ？　いいよ別に、話すことないし)

(いいから代わってあげて。あの人も声が聞ければそれで満足するんだから)

全部聞こえているぞ、と怒鳴りたかったが、そんなことをしても意味がない。所詮、自分は家庭という現場からは、はじかれ者として扱われているのはわかっている。いや、家庭からも……か。

苦虫を噛む思いで黙って待っていると、「もしもし」と早苗の声が聞こえてきた。

「もしもし、早苗か？」赤井は、何も聞こえていないふりをした。

「……うん。何？」

「元気か？」

「えっ……何それ？　どういう意味で？」

「いや、風邪とかひいていないかと思ってな」

赤井がそう告げると、電話の向こう側で早苗が小さくため息を吐いた。

「……ってか、そんな質問いらなくない？　風邪ひいたくらいでいちいち報告したって意味ないし」

「まあ……そうだな」と、返して赤井は頭を掻いた。確かに自分でもくだらない質問をしたと思った。娘に社交辞令のような挨拶をしてどうするというのだろうか。

早苗は、段々と涼子によく似てきた。ため息のつき方なんかそっくりだ。だとすると、この後に嫌味がついてきてもおかしくない。先手を打って、「就職活動はうまくいってるのか？」と、話題を切り替えた。

「別に、普通」

「そうか」

「この間も職業安定所に行ってきたし」

「そうか……」

ぶっきらぼうに答える早苗に、そっけなく返すことしかできず、赤井はそのまま口ごもった。本当はもっと聞きたいことがあったはずなのだが、何を話せばいいのか考えれば考えるほど言葉が出なくなる。

こうなってしまうのも無理はない。早苗が小さいころから家族サービスというものを満足にしてやれなかった。コミュニケーションが取れなくて当たり前なのだ。正直、涼子の言う通り早苗の元気そうな声を聞けたので半分は満足だった。これ以上の言葉も思いつかず、これで電話を切ろうかと口を開きかけた時だった。

「ねえ、お父さん……ちょっと聞いてもいい？」と、早苗の方から話を振られ、赤井は咄嗟にその場で背を正した。

「何だ？　どうした？」

「今さ、ニュースでやってたんだけど、三鷹市で起きた殺人事件って、ひょっとしてお父さん担当してる？　ほらっ、中野って人が殺されたやつ」

どうやら、早苗は同じニュースを見ていたらしい。「どうしてだ？」と、質問で返すと赤井は眉間を寄せた。まさか、娘から仕事の話を振られるとは思ってもみなかった。それに、質問の内容がよろしくない。たとえ家族だろうとも、自分が担当する事件の話を安易に話してはいけないことになっている。

このあと、何を聞いてくるのかはわからないが、残念ながら答えることはできないだろう。せっかく会話のきっかけを作ってくれたのに、そのチャンスを活かすことが出来ないのが悔しかった。

「だって、お父さん家の近くじゃん」

「そうなんだが……あいにく管轄外だ」そう答えた。

「まぁ……別に関係ないならいいんだけど、この中野って人こないだ見たからさ」

「何だって？」

赤井は思わず声を張り上げた。

「いつどこで……どこで見たんだ？」

「六日前に、私が通ってる職業安定所で騒いでた人だよ、多分」

「職安？」と赤井は眉をひそめた。

六日前ということは、中野太一の行方がわからなくなるタイミングと重なってくる。

「騒いでたって、彼は何か問題でも起こしたのか？」

「違うよ。ただ自分の要望が通らなくて、受付の人に怒鳴ってただけ。たまにいるんだよ、思い通りにいかなくてカンシャクを起こす人がさ」

「それ、何時頃だったか覚えているか？」

「四時くらいだったかなぁ……」と、思い出しているのか少しの間が空いた。

「ってかさ、管轄外なんじゃなかったの？」

「あぁ……そうだな。ただ、管轄外でも貴重な情報だったら、あるに越したことはないからな」

「ふーん」と、疑ったような相槌を返された。きっと勘のいい早苗のことだ、嘘だということに気付いているのだろう。

「悪かったな、変な質問して」

「別にいいけど」

そう答える早苗に、赤井は心の中で手を合わせた。

「それじゃ、また今度な」

「はぁい、バイバーイ」

「元気で」と、最後に一言添えて赤井は電話を切った。

暗転した画面を見ながら、思わぬ情報源に驚きつつも、つい仕事のスイッチを入れてしまったことを反省した。同時に、父親としての質問よりも、刑事としての質問のほうがスムーズに出来ていたことに気付いた。

きっと、こういうところが駄目なのだろう。どうしても、ふとした瞬間に家庭よりも仕事のことを優先して考えてしまう。刑事としてはともかく、一人の父親としては失格だ。

そのことを改めて自覚すると、途端に胸が苦しくなった。

「また今度」という言葉が単なる社交辞令にならないことを祈りながら、赤井は用意したボストンバッグを手に、急いで部屋を飛び出した。

早苗の通っていた職業安定所は、そこまで大きな建物ではなかった。最寄りの駅からも徒歩で十五分ほどかかり、立地が良いという訳でもない。それでも、サイトの口コミを見る限りでは、どうやら中々の力を持った職安らしい。遠方からわざわざ訪ねてくる者も多く、混み合うときは二時間待ちというのもざらにあるそうだ。外観からは想像がつかないコネクションというものが、こういう場所にはあるのかも知れない。

見かけに寄らないものだな、と思いながら赤井はポスターの貼られたガラス戸を開いた。既に営業時間は過ぎているため中に人の姿はない。近くのカウンターに歩み寄り、座っていたスタッフに声を掛けると奥の応接室へと通された。

四畳ほどのこじんまりとした殺風景な部屋だったが、来客用になるのか革貼りのソファがきちんと対に置かれている。とりあえず、下座のソファに腰を下ろした。

間もなくして中年の女性が現れた。紺色のカーディガンを羽織り、髪を後ろで一つに束ねた風貌からは、長年この仕事をしていることを感じさせる。

今回、アポを取った際に事件のことは伝えなかった。騒ぎになることをさけるために、『人探しをしている』とだけ言ってある。

「村山です」と彼女は名乗った。

「勤務時間外なのにすみませんね」

赤井は小さく頭を下げると、村山は「いいえ」と不機嫌そうに答えた。全くその通りだ、と心の声が聞こえてきそうだった。

自分の都合で急にアポを取った手前、余り時間を取らせても悪い。聞き取りの口上をはぶいて赤井は早々に本題を切り出した。

「こちらの男性が、六日前に来られたかと思うのですが覚えてますか？」

差し出した中野の写真を手にすると、村山はすぐに、「ええ、確かに」と頷いた。ちょっと待ってくださいね、と腰を持ち上げ奥の棚から一冊のファイルを取りだすと、中を覗きながら当時の様子を教えてくれた。

中野は、新規で仕事を探しに来たらしい。見かけたことのない顔だったそうだ。彼女の話では、中野の高すぎる要求に呆れて厳しいことを言ったら、すぐに腹を立てて帰ったのだという。周囲の人が振り向くほど大きな声を上げていた為、記憶にも残っていたようだ。

「彼の年齢からしても、この時期に就職活動をしていたということは、今まで働いていた仕事をクビになったんですかね？」

情報によれば、中野が無職だったことはわかっていたが、あえてそんな質問を投げ掛けた。ひょっとしたら判明しなかっただけで、何か仕事をしていたかもしれないと思ったからだ。

しかし、村山はすぐに「いいえ」と、首を振った。

「クビも何も……そもそも働いてなかったと思いますよ。アルバイトすらしてなかったんじゃないかしら。まぁ、本人が提出してきた情報から察すれば……ですけど」

「ちょっとだけ、その履歴書を見せて貰えますか？」

彼女の手に持たれたファイルに手を伸ばすと、村山は「ダメです」と、慌ててファイルを手元に引き寄せた

「許可なく個人情報を見せるわけにはいかないので、ごめんなさいね」

そう言って、いたずらな笑みを浮かべる村山に、赤井は伸ばした手を引っ込めて頭を掻いた。

例え警察からの依頼でも、正式な掲示申請を出さなければ、安易に個人情報を見せてくれることはない。そういう時代でもあり、ちゃんとした職業安定所ならばそう言ってくることもわかっていた。

ただ、少しくらい目を瞑ってくれてもいいではないか。きっちりと仕事をしないと気が済まない面倒くさい奴がここにもいたか……と、ため息が出た。

口頭でやり取りするよりも資料を見せて貰ったほうが手っ取り早い。その方が互いに時間の短縮になるはずだ。

それに、正直言ってしまえば、赤井はこうした聞き取り調査が苦手だった。勿論、元々そうだった訳ではない。あることがきっかけで、素性のわからない初見の相手と会話すること自体が苦痛に感じるようになってしまったのだ。時には動悸が激しくなり、軽い吐き気がすることもある。ある種のトラウマと言ってもいい。

とはいえ、刑事の仕事に聞き取り調査は付き物だし、切り離すことなど出来っこない。仕事だからと割り切ってどうにか誤魔化しながらやってきた。

　会話をしない聞き取り調査など不可能なのはわかっているが、なるべく必要最低限に抑えたいといつも思う。だから、他人からは口数の少ない無愛想な人間に思われる。あながち間違いではないのだが、改善したくても身体が拒否してしまうのでどうしようもない。結果、相手になるべくコミュニケーションを取らずに済む効率のいい方法を求めてしまう。嫌な顔をされることもしばしばあった。要するに、赤井自身が一番面倒くさい人間なのだ。

　出来ることならば、資料を貰って帰りたいくらいだった。再度、要求じみた目線を向けたが、当たり前のように彼女はスタンスを変えてくれそうにない。赤井は腹をくくって頭《こうべ》を垂れた。

「でしたら、彼の希望する職業が何だったのか、それだけでも教えて貰えませんか？」

　そう言うと、村山は一瞬考える素振りを見せたあと渋々ながらも口を開いた。

「中野さんが希望していたのは、肉体労働以外の職種と給与の面だけでした。なるべく身体を動かさないで、手取りで二十五万ほど稼げる仕事はないか……って」

「そんな仕事あるんですか？」

　手帳に情報を記入しながら赤井は顔を向けると、村山は小さく手を振った。

「何かの資格を持っている訳でもないのに、そんな仕事ある訳ないじゃありませんか。楽して稼ごうという、ひん曲がった考え方をしていたのでちょっと強めに指摘してみたんです。そしたら逆ギレされたって訳ですよ。意味わかりませんよねぇ？」

　村山の言う通り、普通に考えてそんな相談を持ち掛けてきたら、呆れて注意したくなるのはもっともだ。「確かに」と、赤井も納得するように頷いた。

「ちなみに希望する地域とかはあったんですか？」

「ありましたよ。そういう人ってとことん図々しいから、自分の希望だけは多いのよね」

村山は、思い出すように顎に指をあてると空中を眺めた。

「確か八王子近辺だったかしら」

「八王子ってことは、ここから中央線でも三十分以上掛かりますよね。どうしてまたそんな場所を？」

「さあ、何か借金でもあったんじゃないかしらねえ。借金取りから逃げる為にも、この近辺を離れたかったとか？」そう言って、視線を赤井に戻した。

中々に鋭い考察だな、と赤井は思った。実際に中野は借金を抱えていた。借金取りから逃げ出すことを考えて、住む地域を変えたかったというのは一理あるかもしれない。

「まぁ、どの道あんな甘い考え方を持っていたら、まともな仕事は一生見つからないわね。ろくな人生を歩まずに地獄に堕ちるわよ、きっと」

テレビのニュースを見ていないのか、村山は冗談交じりに手のひらを上に向けて肩をすくめた。赤井は苦笑いで返すしかなかった。地獄かどうかはわからないが、事実、中野太一はろくな人生の終え方をしていない。

「面接後、彼は何か言ってませんでしたか？　例えば、どこか他の職安に行くつもりだ……とか」

「さぁ、暴言を吐いて勝手に出ていったのでよくわかりません」

当時の状況を思い出したのか、少しムッとした表情を浮かべて村山が首を振ったのを見て、赤井は静かに手帳を閉じた。これ以上、ここからの収穫は得られそうになかった。

先ほどから、仕切りに腕時計を確認する村山を思えば、この辺が切り上げ時なのかもしれない。時間を取らせてしまったことを彼女に詫びると、赤井は早々に席を立った。

外に出て早速、煙草に火を点けた。途端に疲れが押し寄せてきた。得意不得意もあるが、手応えがなかっただけにより一層疲れてしまう。そのせいか、煙草がやけに不味かった。

話を聞く限り、職安と事件の関係性はなさそうだったが、ここから中野の足取りは途絶えている。だとすれば、例の黒い封筒が余計におかしく思えた。職安にいたと早苗から聞いたとき、あれは給料袋だったのではないかと思った。だが、どうやら仕事は見つかっていないようだ。

ならば、あのお金は一体何なのか。なぜ中野は大金を持っていたのか。それがどうしてもわからなかった。

五

目を覚ますと、そこには見慣れない天井が広がっていた。そうだった、派遣の契約をしたのだった……と、太一は寝ぼけ眼《まなこ》を擦ると昨日のことを思い返した。

黒野派遣事務所で契約を済ませてから大型ワゴン車に乗せられ、そのまま住み込み予定となる社宅へと案内された。アイマスクを着用させられ、社宅までの道のりさえも伏せる徹底ぶりに不安が高まったのを覚えている。

その後、何処かのマンションに連れられ、この部屋に案内されたというわけだ。部屋の広さは約六畳。ベッドとテーブルに、テレビといった必要最低限の家具家電が置かれている。マンションの一室というよりも、ビジネスホテルのシングルルームのような部屋だった。

案内してくれた美咲が、このまま一緒に泊まってくれはしないかと妙な期待を寄せたが、当然ながらそんなはずもなく、部屋に用意されていた夕食のお弁当を一人で食べた。

そこまでの記憶はある。どうやらそのまま寝てしまったようだ。慣れない就職活動に、自分でもわからないくらい疲れていたのかもしれない。固まった身体をほぐすように、ベッドの上で伸びをしたときだった。

部屋のドアをノックされた。もう来たのか……と、太一は慌ててベッドから飛び起きた。この部屋で待っていれば、派遣先の者が迎えに来ると教えられていたのだ。

「すみません。今着替えてますんで」

玄関に向かって声をあげると、用意されていた紺色の作業着に急いで着替えた。シャワーも浴びずに寝てしまったため、服が肌にへばりついて気持ちが悪い。パタパタと襟元を仰ぎながら、脱いだ服を畳むことなく玄関口に向かうと、鍵を外してドアを開いた。

「準備はできたか？」

外で待っていた男が顔を合わせるなり、ぶっきらぼうに言った。やたらと体格のいい男だった。プロレスラーかと思えるくらいの厳《いか》つさだ。水色のワイシャツの胸元にはトランシーバーが付けられ、右の腰には伸縮性の警棒が刺さっている。警備員のような格好だった、

「早速仕事だ。行くぞ」

正直、まだ頭が働いていなかったのだが、そう言って歩き出す彼のあとに黙ってついていった。部屋の外には長い廊下が続いていた。左手にはいくつものドアが等間隔で並んでおり、右手には吹き抜けとなった中庭が見える。外の景色は見ることが出来ないが、ここが高級マンションの部類に入ることは間違いない。本当の自宅だったらどれだけ良かったことか、いま住んでいる築三十年のボロアパートと比較するとため息が出た。

エレベータに乗り、地下の駐車場へと降りていく。その場で用意された車に乗るように指示を受けた。黒塗りのセダンだった。待ち構えていた運転手が親切に後部座席のドアを開け、促されるがまま乗り込んだ。

重役にでもなったかの様な待遇に心を躍らせていたのだが、案内をしてくれたプロレスラーも当たり前のように横に座ってくる。おかげで、ゆったりとした車内が窮屈に感じられた。

音もなく滑るように車が走り出すと、駐車場を出る手前で男からアイマスクを手渡された。予測していたことなので特に驚きはなかったのだが、周囲を見ることが出来ないのは残念だ。高級車の窓から見る景色は格別なものに違いない。暗闇の中、想像だけが膨らんだ。

車での移動は三十分ほどだった。途中で山道に入ったのではないだろうか。時折、お尻に感じる振動から悪路を進んでいたように思える。一体、何処に連れていかれるのかと不安になっていると、やがて車のスピードが落ち、そのまま駐車のスタンスをとった。

「着いたぞ」

やっとか……と思い、太一はアイマスクを外そうとしたのだが、「おっと、アイマスクはまだ取っちゃだめだ」と、男に腕を掴まれた。

「今から仕事場に案内する。それまでは我慢してくれ。あと少しの辛抱だ」

そう言われて、太一は露骨に嫌そうな顔をして見せたが、無視するように腕を掴まれ車の外に引っ張り出された。そのまま、手を引かれて建物の中に入っていく。何が悲しくて男と手を繋がなければならないのか。それに、歩きにくくて仕方がない。ここまでする必要があるのか？　と疑問に思ったが、今さらここでそんな愚痴を言った所で変わることはないだろう。大人しくついて行くしかなかった。

時折立ち止まり、ドアの鍵を開ける音が聞こえてくる。建物内がいくつもの扉で厳重に警備されているようだ。二人三脚のような足並みを三回ほど繰り返すと、ようやく男は歩みを止めた。

「もう、アイマスクを取ってもいいぞ」

待ってました、とばかりに勢いよくアイマスクを引き剥がすと、太一はその場に広がる重苦しい雰囲気に目を剥いた。

そこは、照明がほとんどない薄暗い部屋だった。だが、今まで暗闇の世界にいた為、部屋の中の様子がハッキリとわかる。とにかく狭い。広さも一畳くらいしかなかった。一面コンクリートがむき出しになった壁。部屋というよりは物置のような、悪く言えば牢屋のようなイメージだ。

手前に小さなパイプ椅子が置かれていた。奥の壁には横並びに三つのボタンが付いており、その真上にはパトランプもある。その辺は黒野派遣事務所で見たイラストと全く同じものだった。

ただ、一つだけ違った点があった。パトランプの横に、細長い窓口のようなものが付いていたのだ。スライドするのか持ち上げるのかはわからないが、赤い蓋がついている。一見、ポストの受け口のように見えるのだが、それが何の役に立つのかはわからない。

「ここがプッシュマンの仕事場だ。やり方の説明はすでに受けているな？」

「はい、一応……」と、返事をしながら赤い窓口を眺めていると、その視線を遮るように男が割って入った。

「では間もなく始まるから準備しておいてくれ。終わったらまた迎えに来るからそれまでは待機だ。くれぐれも与えられた仕事以外の行動はするんじゃないぞ。いいな？」

男は窓口に目線を向けると、部屋を出て静かにドアを閉めた。つまりは、あの赤い窓口には触れるなという意味だろう。そう言われると余計に気になるものだが、大人しくパイプ椅子に腰掛けるとパトランプに目を向けた。

あのパトランプが光ったら素早く三つのボタンを左から押す。確認するまでもなく簡単な作業だ。後は、その作業をどれくらいこなさなきゃいけないのか、これだけはわからないが、それも大した問題にはならないだろう。そう思って、パトランプが光るのを待ち構えた。

ところが、先ほどからいつでも押せるように身構えているのだが、中々パトランプは光らない。早くも三十分ほど経過していた。薄暗い部屋に、ただ閉じ込められているだけのような気がして、段々と精神的にも辛くなってくる。

気がつけば横の窓口へと目線を向けていた。それにしても、あれは何のために付いているのだろうか。何かの書類を出すにしても周囲に紙類は見当たらない。終わった後にレポートでも書かされるのだとすれば面倒だな……と、あれこれと勝手な想像を膨らまし始めたときだった。

突然、壁の向こう側から、何かの金属がすれるような音が聞こえ始めた。何の音だろうかと、耳を澄ませていると次第にその音は大きくなってくる。

ギギギギギ……と、ガラスを爪で引っ掻いたような、背中の産毛が逆立つほど不快な音が部屋中に鳴り響く。思わず両手で耳を塞いだのだが、これがなかなか鳴り止まない。三十秒ほどそれが続くとさすがに気分が悪くなってきた。

「くそっ、なんなんだよ」

両目を閉じて、歯を食いしばりながらうずくまると、やがてその音はぴたりとやんだ。終わったのか……と、顔を上げたときだった。目の前のパトランプが赤く点灯していた。しまった、合図だ。予期せぬ騒音により完全に油断していた太一は、慌ててボタンに手を伸ばした。説明にあった通り、左から順番にボタンを押していく。音は何もなかった。確かに押したはずなのだが、これでよかったのかと不安げにパトランプを眺めていたときだった。

「ドンッ」と、鈍い音が壁の向こう側から聞こえてきた。壁を挟んだこの部屋にまで振動が伝わってくる。何か硬いものを鈍器で叩いた様な音だった。その後は、さっきまでの騒音が嘘のように静寂につつまれた。

壁の向こう側で、何が起きたのだろうか。ボタンを押す直前に聞こえてきたあの不快な音。そして、自分がボタンを押した後に聞こえた鈍い音。どちらも、心が躍るような音ではない。

耳を澄ませて様子を窺うが、もはや何も聞こえてはこない。壁に耳をあててみようかと腰を持ち上げたとき、部屋のドアノブを回す音が耳に入り、太一は慌てて姿勢を正した。

「お疲れ様。以上で仕事は終わりだ」

先ほどの男だった。手には、アイマスクが握られている。

「えっ、もう終わりですか？……ってか、あれでよかったんですか」

「終わりだと言っただろ。まあ、しいて言えば、もっと早くボタンを押して貰いたかったが、それも初日だからしょうがないな。それよりも早くこれを着けろ。帰るぞ」

「あ、あの……。さっきの音は何だったんですか？」

「音？　何のことだ？」

「ほらっ、ガラスを引っ掻いたような音と、何かを叩いたような音が聞こえたんですよ」

太一はボタンのある壁を指差すと、男は迷惑そうに顔をしかめた。期待していた説明を受けることはなく、強引にアイマスクを着けさせられると、「お前は何も知らなくていい」と、腕を掴まれ部屋から引っ張り出された。そのまま来た道を戻っていく。再び車に乗り込むと元いた部屋へと送り届けられた。

「では、また明日迎えに来る。部屋の冷蔵庫に弁当とビールが入っているから、今日はもうそれを食ってゆっくり休め」そう言って、男はドアを閉めた。

あっという間の出来事に、太一はその場に立ち尽くした。本当にボタンを押すことしかしていない。しかも、ほんの数十分しかあの場所にいなかった。あとは、すべて移動時間だ。

これで仕事が成立しているのだろうか……と、疑問に思いながら玄関横にある冷蔵庫の扉を開いた。男が言っていた通り、弁当とビールが冷えていた。ビールの缶を二本手に取り部屋の奥へと戻った。

　すると、ガラステーブルに一枚の封筒が置かれているのが目に入った。表書きの無い黒い封筒だ。手に取ると少しの厚みがある。中を覗くと、一万円札が五枚入っていた。

　お金の力は凄いものだ。手にした瞬間、さっきまでの不安や疑問が吹き飛んでいた。プッシュマンの仕事はよくわからないが、そんなものは自分が気にすることじゃない。ほんの数十分、訳のわからないボタンを押して五万円……こんな美味しい仕事は他には絶対にない。この仕事を続けていければ、借金だって簡単に返せてしまうではないか。

　思わず顔がにやけてくる。高鳴る気持ちをそのままに、太一は手元にあった缶ビールのプルタブを起こすと、口をつけて一気に喉に流し込んだ。


　二日目。用意されていた酒を飲みすぎたせいか、朝から体調が優れなかった。頭こそ痛くはないが鉛《なまり》が入ったように肩が重い。今までのような日雇いのバイトだったら、確実にバックレていたことだろう。それでも太一は、ちゃんと昨日と同じようにプッシュマンの仕事場に来ていた。全ては日当五万円という高額支給があるからだ。

　一度、体験しているため要領は得ていた。昨日のような不安もない。プッシュマンの作業場に入ると、例の金属音に耐えながら合図と共に素早く三つのボタンを押した。これで自分の仕事は終わり。多少の体調の悪さなど耐えられる楽さだ。数分後、作業場の扉を開けられ例の男からアイマスクを手渡された。

「今日の出来は良かったぞ。その調子で頼むな」

　そう言われたのだが何が良かったのかがわからない。相変わらず疑問の多い仕事だが、聞いても答えてくれないのはわかっている為、自分からアイマスクを着けて早々に狭い作業場を出た。

　住み込み部屋に戻ると、すぐさまテーブルに置かれた黒い封筒に手を伸ばした。今日も、ちゃんと五万円が入っている。これで手持ちのお金は十万円。こんなに現金を持ったのはいつ振りだろうか。久々に、外で豪華なものでも食べてやろうかと思い、太一は今日の日当分五万円を握り締めて外へと繰り出した。

　マンションを出ると、目の前に大通りが伸びていた。外はまだ日も落ちず多くの車が行き来している。思えば、住み込みが始まってから初めて外を歩くことになる。今まで目隠しで移動していた為、自分がどこにいるのかわからなかったのだが、どうやらここは八王子の街中だったようだ。駅前の東急スクエアが遠巻きに見えた。

　八王子は便も良く住みやすい街だと聞いていた。更に、借金取りから身を隠しやすい場所だとも、ギャンブル仲間から聞いたことがあった。勿論、そんなのは迷信なのかもしれないが、皮肉にも自分が住んでみたい場所だっただけに次第にテンションが上がってくる。

　周囲を見渡しながら、どこに向かおうかと考えながら歩いていくと、パチンコ店が視界に入った。今まで金欠で出来なかったギャンブル。だが今は違う。現金を持っていることで気持ちが大きくなっていた。

プッシュマンの契約中は、ギャンブルはしないと約束したのは勿論覚えている。ただ、それは単なる口約束ではないか。ちょっとくらいならばいいだろう……と、軽い気持ちでパチンコ店へと入って行った。

だが、数時間後にはそんな軽い気持ちで入ったことを後悔した。結果は見事に大敗。

一日の日当五万円を全て使い果たしていた。太一は、大音量の機械音が鳴り響く店内を睨みつけるように外に出ると、購入した煙草に火を点けた。まだ寝床に就くには早すぎる。部屋に戻り、金を持ってきてリベンジするか……それとも、どこかに飲みにでも行くか……煙草を吹かしながら店先で考えていたときだった。

カラカラカラ……と、風車が回るような乾いた音が背後から聞こえ、太一はその場に直立した。聞き覚えのある音だった。

恐る恐る振り返ると、瞬時に顔が強張った。いま会ってはならない車椅子の人物がそこにいたのだ。

「こんばんは」

黒野は無表情のまま低い声を出した。

「あ、あの……これはその……」

「今から夕食ですか？」

言い訳を遮るように、言葉を被せると黒野は小首を傾げた。咎めるような怒りの感情は彼からは読み取れない。偶然、知り合いに出会ったような何てことのない日常会話の切り出しだった。

ひょっとして、気付かれていないのか？

そう思い、太一は咄嗟に「あっ……はい」と、合わせた。自分で答えていて、脇から汗がにじみ出てくるのがわかる。

「でしたら、この先の中華屋さんがお薦めです。確かラストオーダーが八時半でしたので、そこがよければ急いだほうがいいかもしれません」

それに、と黒野は続けるとパチンコ店に目線を向けた。

「こんなところにいますと、つい中に入りたくなってしまいますからね」

「……ですよね」

どうやら、パチンコ店から出てくるのを見られたわけではなさそうだった。危ないところだった、と太一は胸を撫で下ろすと、「わかりました。ありがとうございます、行ってみます」と頭を下げた。黒野は黙って頷いていた。

それにしても、黒野は何しにここへ来たのだろうか。わざわざ自分のお薦めの飲食店を教えに来たとは思えない。

良く考えれば、彼がここにいること自体が不自然なのだ。ひょっとしたら、ずっと自分の行動を監視していたのではないだろうか。

だとすれば、パチンコ店に入っていたことも全て知った上で、黒野はあえて知らないふりをしていることになる。そう考えると、徐々に血の気が足元に下りていった。

「約束……」

「えっ?」と、太一は顔を上げると黒野の口角がスウッと下りた。

「約束とルールはきちんと守って下さいね」

そう言って、黒野は再び口角を持ち上げて目を細めると、「ではこれで」と車椅子を反転させた。

去り行く黒野の後姿に、太一は身震いを起こした。一瞬、見せた黒野の表情は冷たかった。それは、怒りや落胆から生まれるものとはまた違う。まるで、感情のない死体のような冷たさを感じたのだ。

今回だけは目を瞑る……そう言われたような気がする。次はないぞ、と。

今、プッシュマンをクビになるわけにはいかなかった。こんなにいい仕事を手放したら、一生借金を返すことはできないだろう。人ごみに消えていく黒野を見送ると、太一は大人しく部屋に戻ることを決めた。

六

「だから嫌だったんだ」

高橋は、目の前の捜査報告書を指先で叩くと、腕を組んで口をへの字に曲げた。テーブルを挟んで向かいに座っていた椎名は、次第に熱を帯びてくる彼の発言に黙って頷くしかなかった。今、下手に口を挟めば余計に彼を苛立たせてしまうことだろう。他の捜査員もそう思ったのか、時折、相槌を打つ程度にとどめて彼の報告に耳を傾けていた。

あれから、高橋は予定通り中野太一の地元に出向いた。田舎に住む家族や知人に聞き込みを行い、ここ数日で彼と接触がなかったかを調べていったそうだ。

特に、中野が過去に起こした事件の被害者遺族を重点的に調査したのだが、ほぼ全員に決まってアリバイがあったらしい。東京と宮城の距離を考えてみても、今回の事件に関与している可能性は無いに等しい……と、いうのが高橋が出した結論だった。

つまり、彼が自腹を切ってまで向かった聞き込みは、特に収穫が無いまま無駄足に終わったということだ。被疑者の特定も未だに出来ず、捜査は暗礁《あんしょう》に乗り上げたといってもいい。
「遠藤課長は、何て?」心配そうに隣に座る同じ班の男が話を振ると、高橋の目が鋭くな
った。
「そんなことだろうとは思っていた、だとよ。ご苦労様の一言も無いんだぜ、マジでムカ
つくぜあのダルマ野郎。だったらあんな指示を出すんじゃねえよなぁ」
高橋は、その場で言えなかったことを皆の前で愚痴っていた。自業自得だともいえるが、
実際に彼は五万円ほど自腹を切って捜査をしている。それを考えれば、苛立つ気持ちもわ
からなくもなかった。
「被害者の遺族は何て言ってたんですか?」
捜査報告書を捲りながら、今度は椎名が口を挟むと高橋は頭を振った。
「恨んでたってよ。中野太一を殺してくれた犯人に、心からお礼を言いたいそうだ。余り
にもはっきり言うもんだから逆に拍子抜けしたよ。まあ、そりゃそうだな。自分の子供を
殺したにも拘わらず、少年法により五年で表社会に出てきたんだ。納得いかないっていう
のが本音だろうよ」
「アリバイの裏は取らなくてもいいんですか?」
「一応、取ったさ。でも、例えアリバイが崩れたとしても彼らの犯行とは思えないな」
遺族と直接話した高橋がそう感じたのだから、恐らく遺族は今回の事件と関係ないのだ

ろう。それに関して、誰も異議は唱えなかった。

ただそうなると、この事件の背景がより一層不透明なものになってくる。遺族の復讐ではないとすれば、中野太一はなぜあんな酷い殺され方をしたのか……。

理由がなければ、それは只の猟奇的な無差別殺人になってしまう。だが、それだけは違うだろうというのが全員の意見だった。

衝動的な犯行で、ここまで痕跡を隠すことは不可能に近い。それに、わざわざ遺体を運んだりもしないはず。何か必ずあるはずなのだ。犯人が中野太一を殺害し、内臓を抜き取りあの場所へと遺体を移動させた明確な理由が……。それがわからないから疲れだけが溜まっていく。高橋だけではない。他の捜査員も、署に泊り込んで既に三日が経っている。それにも拘わらず、一向に進展しないことに皆の苛立ちや疲労はピークに達していた。

「お前の方はどうだったんだ？　例の黒い封筒については何かわかったのか？」

言葉を返すように高橋が椎名に訊くと、「それなんですが」と彼女はカバンからタブレットを取り出した。

「インターネットを使って封筒の販売元を調べていたのですが、残念ながら特定出来ませんでした。どうやら、あの封筒は市販の物ではないようです」

「結局ダメじゃねぇか。まぁ、そんなことだろうとは思ってたけどな」

遠藤の真似をするように高橋は手をヒラヒラと煽った。自分も皮肉を言いたかったのだろう。それでも椎名は、負けじと口角を持ち上げた。

「ただその代わりに、ちょっと興味深いサイトを見つけたので、見ていただけますか？」

「サイト？」

椎名は画面をタップし、タブレットを高橋に手渡すと、全員がそれを覗き込んだ。真っ黒な背景に白字で、【黒の派遣】とタイトルが書いてある。シンプルな造りなだけに、不気味さと胡散臭さが混じったサイトだった。

「なになに？　罪の償いは神の報酬を得る。罪の重複は悪魔の報酬を得る……なんだこれ、何かの宗教か？」

冒頭を読み上げた高橋は、馬鹿にするように鼻を鳴らした。派遣と書いてある割にはそこに仕事の話は一切載っていない。思想的な文が書かれているため、アップした人間の意図がいまいち掴めなかった。リンクが貼ってある訳でもないため、一見ブログのようにも見える。

「わかりません。一応、宗教法人ではなく一般人が立ち上げたサイトのようなのですが。ちょっと気になりまして、細かく見ていたら一枚の画像があったんですよ。ここです、見てください」

画面を下までスクロールすると、一つの画像を指差した。

「これ、同じ封筒じゃないですかね？」

椎名が指差した画像を拡大して見ると、黒い封筒と一万円札の束が丸いテーブルの上に置かれている。半信半疑だった高橋の顔が険しくなった。

「確かに、同じようには見えるな」

「ですよね？　だとすれば、あの封筒は中野太一に与えられた何かの報酬ということだったんじゃないかと思いまして」

「報酬か……」と、高橋は腕を組んだ。

「中野太一は罪の重複により悪魔の報酬を得て、それと引き換えに殺されたってのか？」

「それはまだ何とも」と、椎名は眉尻を下げた。

「ただ、このサイトに載っていることが実際にあるとすれば、中野太一は新たな罪を犯した事になります。そこに、犯人の動機も含まれているんじゃないでしょうか」

「お前、こんな胡散臭いサイトを本当に信じているのか？」

「信じるとかじゃなくて、調べてみる価値はあるんじゃないかと思うんです」

興奮したように声を荒げる椎名に、高橋は「ねぇよ」と、一蹴《いっしゅう》した。

「日付を見てみろ。このサイトが配信されたのは二年前だぞ」

最終更新日を指差され、椎名は「あっ」と、声を漏らした。

「最近になって書き込まれたものならばまだしも二年前ではなぁ。気持ちはわかるけど、インターネットの情報を鵜呑みにしていたら余計に捜査が混乱するぞ。ただでさえこんな状態なんだからな」

高橋の言葉に椎名は顔を伏せた。

「何かの報酬って線は悪くない。借金のある人間が金を持っていた以上は、誰かから受け取った、あるいは盗んだかのどちらかだからな。とりあえず、引き続き封筒の件はお前に任せるよ」

「わかりました」と、椎名は頷くと肩を落としながら渡していたタブレットを受け取った。

「でも一応、赤井さんにも言ってみます」

「別に言わなくてもいいだろ。どうせ、そこからの進展は見込めねぇよ」

「わかっています。ただ報告するだけですから」

カバンを弄《いじ》りながら椎名がボソリと言葉を洩らすと、高橋は片方の眉をピクリと持ち上げた。どうして俺の判断で納得しないんだ？　と言いたそうだった。それでも、椎名には椎名の考えがある。それを曲げるつもりは彼女になかった。

すると、高橋は思い出したように顔を上げて周囲を見渡した。先ほどから、一人だけ赤井の姿が見えないのだ。

「そういえば、赤井さんはどこいったんだ？」

「八王子に向かうと言って出て行きました」と、椎名が答えると高橋は「はあ？」と眉根を寄せた。

「八王子に何しに行ったんだ？」

「さあ、詳しい理由はわかりませんが、夕方には戻るって言ってました」

「また勝手な行動かよ。夕方には戻るって、本当のカラスにでもなったんじゃねえのか？」

そう言って高橋が笑うと、他の数人も馬鹿にするように声を上げた。

「まあいいや。一人で向かった以上は、何かしらの成果を上げて帰ってきてくれるんだろうよ。だったら俺達は一休みさせてもらおうぜ」

高橋は、周囲を促すように仮眠室へと向かうと、つられるように他の捜査員も部屋を出て行った。椎名は一人、課に残りデスクチェアに腰を降ろした。

いつになれば、赤井は他の者に相談するようになるのだろうか。電話の一つや二つくれさえすれば、いつでも手伝うことが出来るのに。情報の共有を行えば、被疑者確保も早まるはずなのだ。彼は、手柄を独り占めするような男ではない。サボり癖があるわけではないこともわかっている。あえてチームを離れようとしているとしか思えない。そんな赤井の単独行動に、皆が不信感を抱いてしまうのは仕方がないことだった。

カラスだって群れを作るときがある。そのことに早く気付いて欲しかった。鳴る筈《はず》の無い携帯電話をジッと眺め、椎名は小さくため息を吐いた。

東急スクエアを横目に、赤井は目的の場所へと急いだ。あれから、職安の情報と中野太一のギャンブル癖を考慮し、八王子駅周辺のパチンコ店に協力を求めていた。顔写真を配り、監視カメラの映像をチェックして欲しいと頼んでいたのだ。

正直、あまり期待していなかったのだが、ある店舗から中野らしき人物が来店していたとの連絡が入り、慌てて中央線に乗り込んだ。

店舗に到着すると、外の非常階段から事務所を訪ねた。アポを取った際に、店内には入らないで欲しいと言われていたのだ。営業中につき、店内に警察がいたら変な噂が立ってしまうと考えたからだろう。勿論、普通のスーツで行くのだが、それでも刑事特有の鋭い視線を向けることになれば、勘のいい客は気付くのかもしれない。

インターホンを押すと、店長を名乗る長谷川という男に中へと案内された。事務用のデスクが数台置かれ、奥には見たこともないような大きな機械が設置されている。その脇には、防犯カメラの映像を映すモニターが何台も置かれていた。

「こちらへどうぞ」

数ある内一つのモニターの前に促された。既に、録画を見られるように設定してくれていたようだった。

「このボタンで画面の切り替えが出来ますので、何かありましたら言って下さい」

「お手数掛けます」

赤井が礼を言うと長谷川は近くの椅子に離れて腰掛けた。それとなく横目を向けてくる。何か後ろめたいことがある訳ではなさそうだが、刑事の行動そのものが気になるのだろう。

助かった……と、正直思った。隣に座って一緒に画像をチェックしていては息が詰まって仕方がない。付かず離れずのこの距離感が丁度良い。出会い頭の挨拶で、長身を活かした威圧感を与えておいたのが効いたのかもしれない。

相手が男の場合は大抵こうしてきた。警察としてのモラルを保ちつつ虚勢を張る。すると相手も一定の距離をおいてくれるのだ。グレーのカラーシャツをいつも着ているのはこの為でもある。内心、身体の大きい赤井の方が臆《おく》していたりするのだが、こうした体型のおかげで無駄な会話をしなくて済み自分のペースを保つことができる。ここ数年で身に付けた独自の防衛的聞き取り方法だった。

赤井は、用意された席に座ると早速、問題の映像を見せてもらうことにした。すると、そこには確かに中野太一の姿が映っていた。遺体で発見されたときと同じ紺色の作業着を着ているため間違いない。彼は午後四時ごろに来店し、一台のパチンコ台に座り込むとしばらく同じ台を打ち続けていた。

ここから店内で誰かと接触があったかもしれない。だとすれば、今度はその人物を追うことが出来る。そう考え、見落としのないように食い入る様に画面を眺めた。

しかし、予想に反して誰も中野に接触してこない。お金が尽きてしまったのか、最後には台を叩いて店を出て行く姿がむなしく映っているだけだった。

手掛かりは無しか、とため息を吐きながら中野の姿を追うように、店の外に映像を切り替えたときだった。

中野は、店先で煙草を吹かしていたのだが、突然、慌てた様子で後ろの歩道に振り返った。そのまま、その場で足踏みをするように誰かと話しているのだ。しかし、肝心の相手が映っていない。画面左下にうっすらと影が見えるが、それが男なのか女なのかさえわからなかった。

「これ、他の角度の映像はないんですか？」

赤井は息を荒げてモニターを指差した。だが、長谷川は画面を確認してすぐに首を左右に振った。残念ながら、外の映像は店先に設置されたこの一台だけのようだ。

くそ……役に立たない防犯カメラだな。

もどかしさに唇を噛みながら赤井は左下の画像を拡大した。すると、あるものに気が付いた。何か自転車のような車輪が映っているのだ。グレーのタイヤに、赤いラインが引かれている。目を凝らしてよく見ると、二つの細い車輪の間から揃った爪先が見えた。

これは、自転車なんかじゃない。恐らくは車椅子だ――。

そのことに気が付いたとき、ふと遺体の運搬方法が頭に浮かんできた。車椅子を使って遺体を運べば周囲から変な目で見られることもない。遠目で見たら介護しているようにしか見えないだろう。

映像を見る限り、中野とは面識のある人物だったことが推測される。つまり、この車椅子の人物が中野と最後に接触した知人といえるのではないだろうか。だとすると、この人物は何かを知っている……もしくは被疑者本人である可能性が非常に高い。

「この画像、お借り出来ますか？」

「ええ、別に構いませんが」と、長谷川は拡大された画面を見て頷いた。店内の画像ではないため、幾分ほっとしたのだろう。ワイシャツの袖口で額の汗を拭っている。

「あのう、大丈夫ですよね？」

「何がですか？」

「刑事さんが追っているこの人って、例の殺人事件の被害者ですよね？」

答えにくい質問だったが、既にメディアに取り上げられている為、誤魔化しようがない。

「ええ、まぁ」と素直に返事をすると、長谷川は顔をしかめた。

「その人に何かあって、調査をするのに営業停止になるなんてことはないですよね。見ての通り、うちは関係なさそうですし、そうなると困るんですけど」

そう言って眉尻を下げる長谷川に、赤井は頷くと椅子から腰を持ち上げた。

「迷惑は掛けませんので安心してください」

赤井が小さく手を振ると、「お願いしますよ」と長谷川は見上げるように手のひらを擦り合わせた。

経営者からすれば、いい迷惑なのはわかっている。極力、関わらないようにしてあげたいのは山々だが、正直言ってパチンコ店と今回の事件に関係があるかどうかはまだわからない。むしろ、何が事件に結びつくのかすらわかっていないのだ。だからこそ、この画像は貴重な資料となり得る。

今のところ、中野太一の交友関係の中には車椅子を利用する者の情報は入っていなかった。つまり、最近になって顔見知りになった可能性が高い。ならば、何処で出会ったのか。この人物は誰なのか――。

考えれば考えるほど、この切れた画面が憎らしかった。

七

　プッシュマンの仕事を始めて三日目。結局、昨日は黒野と遭遇してから真っ直ぐ帰り、部屋で用意された弁当をたいらげて寝床に就いた。早めに寝たはずなのだが、どうも身体が重くて仕方がない。軽い耳鳴りまであった。

　風邪をひいたのかとも思ったが良く考えればそうではない。きっと、連日聞かされたあの不快音のせいではないだろうか。あの鼓膜を通り越して直接脳に響くような、そんな甲高い音を聞き続けていれば体調を崩してもおかしくはない。

　太一は、目頭を指で押さえながら部屋にある置時計を眺めた。間もなく午後二時を過ぎようとしている。今日は、迎えに来るのがいつもより遅かった。とっくに着替えも済んでいる。歯も磨き、寝癖もちゃんと直した。

　こうして、きちんと準備が整っているときに限ってどうして来ないのだろうか。あのプロレスラーは一体何をしているのだろう……。

　待ちくたびれながら、睨むように玄関口に目を向けると、丁度そのタイミングでドアがノックされた。

「はいはいっ、いま出ます」

　やっと来たか……と、両腕を頭上に上げて伸びをすると、そのまま玄関に向かいドアを開いた。「おはようございい……」

　そこまで声を上げて、太一は「あれ？」と目を剥いた。そこにいたのはいつもの男ではなかった。服装こそ同じ警備員のような格好をしているが、立っていたのはプロレスラーとは真逆な二十代半ばの女性だったのだ。

「おはようございます。お迎えにあがりました」と、その女性は静かに頭を下げた。身長も低く、警備の仕事が勤まるのかと心配になるくらい細身だ。ショートカットで目は細く、顔だけ見れば運動神経のよさそうな雰囲気を持っている。

「今日は違う人なんですね？」太一は軽い気持ちで尋ねると、その女性はクスリと笑った。

「今回は、先日までとは違う場所になります。ですので、私が代わりにお伺いしました」

「違う場所？」

「心配しなくても大丈夫ですよ。場所は変わっても、やっていただくことに変わりはありませんので。ただ、今回の場所は少し離れた場所にあります。移動時間が長くなりますので、予めご了承下さい」

「はぁ……そうですか」

　内容よりも、あんな簡単な仕事をする場所が他にもあるということが驚きだった。それに、複数ヵ所の職場があるにも拘わらず、一人の人間が行き来するということは、他にプッシュマンの仕事をする者がいないのかもしれない。こんな美味しい仕事なのに、何故誰もやろうとしないのだろうか……。

「では、参りましょう」

不思議に思うことだらけだが、その女性に促されていつものように地下駐車場へと向かい、用意されていた車に乗り込んだ。車種は同じ黒のセダンになる。相変わらずアイマスクの着用は義務となっているのが難点だが、それでも、むさくるしい男の横に座るよりは気分的に悪くなかった。

付添い人の女性の言葉通り、移動時間は昨日までよりも長かった。途中で料金所の音声が鳴ったので首都高に乗ったのかもしれない。一時間ほど経ったところで到着し、そのまま作業場まで案内された。

新しく案内されたプッシュマンの作業場に入ると、太一は部屋一面を見渡した。これまでと何ら変哲のないように思える。パトランプ横にある窓口が赤から青になっているくらいで、言われなければ同じ部屋なのではないかと錯覚するくらいだ。

「それでは、終わりましたら迎えにきます」

ドアを閉められ、太一はパイプ椅子に腰掛けると両手で耳を塞いだ。これからあの音を聞かなければならない。何の音だか未だにわからないが、こうでもしなければ生理的に耐えられなかった。

ところが、今日に限っていつもの不快な音は聞こえてこなかった。二十分ほど経った後、無音の状態で突然ランプが光った為、反応が鈍くなってしまった。それでも、手順通りに三つのボタンを押し終えたのだが、その後も音は何も聞こえてこない。

変だな、と思った。いつもなら、最後に何かを叩きつけるような鈍い音がするのだがそれすらもなかった。ちゃんと押せたのか不安になり、その場を立ち上がって、確認するように窓口のある壁に耳を当ててみた。それでも音は何も聞こえてこない。

「何をやっているんですかっ」

背後から怒鳴り声が聞こえ、太一は慌てて壁から耳を離した。振り返ると、いつの間にか作業場のドアは開かれ、付き添いの女性が立っていた。

「今すぐ壁から離れて下さい」

眉間にシワを寄せ、彼女の顔には明らかに怒りの色が見える。

「すみません。いつも聞こえる音が無かったから、何か異常があったんじゃないかと心配になって、つい……」

「ここは立川にある作業場とは違い、防音設備が整っていますから音は聞こえません。それに、異常があればこちらから知らせます。余計なことはしないでください」

立川？　と、一瞬思ったが質問できるような状態ではない。彼女の眼差しは、殺意を感じるくらい鋭かった。

だったら最初からそう言ってもらいたかった。それに、ただ壁に耳を当てていただけで、どうしてこんなに怒られなければならないのか。

「何か不服があるんですか？」睨むように横目を向けているとそう言われ、太一は静かに「いえ」と、答えた。納得がいかないが、下手に反抗するのも気が引ける。突きつけられたアイマスクを装着し、ふてくされながらも作業場を出て行った。

「……ったく、何なんだよ」

部屋に戻っても、ムシャクシャした気持ちは収まらなかった。理由がわからずに怒られるほど嫌なものはない。肺の周りにカビが生えたように胸の内がモヤモヤする。気が付けば、黒い封筒を手に外へと出ていた。このストレスを取り去るには、自分の好きなことをするのが一番だった。

黒野に見つからないように、わざわざ私服に着替えてタクシーを使い郊外のパチンコ店へと出向いた。入る前に再度、周囲を見渡したが今度は大丈夫そうだ。鼻息を荒くして店内に入った。

この光と、騒音ともいえるBGMが気分を高めてくれる。パチンコ台の前に腰掛けるだけで、プッシュマンのストレスが緩和された。

他人からダメ人間と言われようがそんなのは関係ない。自分のような人間がいるからパチンコ店が成り立っているのだと思えば、むしろ世の中の役に立っているはずだ。後ろめたさを掻き消すように、そんな思想を抱きながらパチンコ台のハンドルを握りしめた。

数時間後、両手で一万円札を広げながら増えたお金を数えていると、数時間前の苛立ちはすっかり消え去っていた。昨日の大敗が嘘のように、少ない投資金から大当たりを引き続け見事なまでの快勝を収めたのだ。

これだからギャンブルはやめられない。楽して稼いだお金は、汗水垂らして稼いだお金よりも手にしたときの喜びは大きい。有り難みが違うなどと言う者もいるが、太一にとって金は金。同じお金に差はないと思っている。

黒野とも会うことはなかった。要は見つからなければいい。バレなければ咎められることはないのだ。あの時もそうだった。

殺人事件を起こした六年前、弁護士と念入りな打ち合わせを行い、犯行を一時的な感情による突発的なものだったと証言した。だが、真実は違う。前から計画を練って、殺したかった奴を殺したに過ぎない。

気持ちが悪いだの、ゴミクズなどと呼ばれ、理不尽に暴力を振るわれる日々に一時は自殺を考えたこともあった。だが、ふと思った。どうして自分が死ななければならないのだ……死ぬべきは、虐めてくるアイツではないのか……と。

自分でも信じられないくらい冷静だった。ナイフの刃先を前に、命乞いをする相手の顔は今でも鮮明に覚えている。

それでも刑を軽くする為に嘘をついた。気が動転していた……と。その結果、今がある。綺麗事だけで世の中は渡れない。例え他人にどう思われようとも、真実を歪ませて生きた方が良い場合があるということをその時に学んだのだ。

増えたお金を手に、太一はきらびやかに光る街の看板を見渡した。少しも罪悪感はない。むしろ清々しい気分だった。この際、あぶく銭をパアッと使ってしまっても構わないだろう。返す予定の借金の事など気にも止めず、太一は夜の街へと繰り出した。

昨夜、部屋に戻ったのは午前三時頃だった。多少寝不足なのは仕方がない。久しぶりに楽しい夜だった。羽振りよく飲んでいると、横に付いた店のギャバクラ嬢に何の仕事をしているのかと尋ねられた。流石に答えなかったのだが、その質問で太一の疑問は大きくなった。

本当に自分は何の仕事をしているのだろうか。やたらと高い時給から、何か国家機密にでも関わっているのではないかと思ったくらいだ。あり得ない話ではなかった。壁に耳を当てていただけで、あの怒られ方は尋常じゃない。それだけの秘密があるということは、大きな組織で働いている可能性が高い。

そう考えると逆に胸が高鳴った。声を上げて堂々と公表することはできないにせよ、大きな組織の中で、自分が何か重要な役割を担っているのではないかと思うと嬉しくなった。

想像すればするほど、プッシュマンに興味が湧いてくる。この機会に、タイミングを見計らってあの窓口を開けてみようと思った。

プッシュマンの仕事について追求してはならないというルールがあるが、窓口を開けてはならないとは言われていない。万が一、見つかり怒鳴られたとしても構わない。謝るのは慣れていた。「何も知らなかった」と、頭が足らない人物を演じ、反省しているふりをしてペコペコと頭を下げていれば、一度くらいは許してくれるはずだ。そう思った。

この日、来たのはプロレスラーだった。また今日からあの金属音を聞くことになるのかと落胆したが、よく考えれば丁度良かった。音が鳴り止んだタイミングでランプが点灯するのはわかっている。そのあと、ボタンを押してから迎えが来るまで数分ある。その間に、何も知らないふりをして窓口を開けてしまえばいい。

そんなことを考えながら作業場に連れてこられると、太一はボタンを押す合図を待った。例の音が鳴り出した。いつものように両手で耳を塞ぎ、ランプが光るのを待った。そして合図が出た為、素早くボタンを押すと席を立って窓口に近づいた。

いよいよだ。これで自分は何のボタンを押していたのかが判明する。太一は、恐る恐る手を伸ばして赤い蓋を持ち上げた。カチャリと小さな音が鳴る。

すると、窓口を通して何かの音が聞こえてきた。いや、音ではない。これは誰かの声だ……。

「頼むっ、たすけてくれ」

今度はハッキリと耳に入った。何度も繰り返し命乞いをする声が聞こえるのだ。

助けを呼ぶ声に、太一はその場に呆然と立ち尽くすことしか出来なかった。

次の瞬間、鈍い音と共に壁に振動が伝わってくる。それと同時に叫び声がピタリと止んだ。

静まり返った部屋で、太一は確認するように急いで窓口を覗き込んだ。想像通り隣の部屋と繋がっている。視界が狭く、上手いこと隣の部屋の様子を見ることが出来ない。腰を落として視線を変えたときだった。

全身の毛穴が一気に開き、あまりの衝撃に声も出なかった。そこにあったのは、明らかに見てはいけないものだったのだ。

腰を抜かすようにその場にへたり込むと、作業場のドアが開きプロレスラーが顔を出した。

「どうした、具合でも悪いのか？」

「い、いえ……何でもありません」と、太一は辛うじて返事をすると、壁に手を突いて起き上がった。震える膝をごまかし平静を装うのが精一杯だった。

「ならいい。早くこれを着けろ、出るぞ」

アイマスクを受け取り、作業場を出たあとも身体の震えが止まらない。すぐにでもこの場を離れたかった。自分が何のボタンを押していたのか、隣の部屋を見た瞬間に気が付いてしまったのだ。

帰りの車内で太一は決心した。今日でプッシュマンを辞めよう。いくら日給が良くても、こんな仕事は続けたくなかった、
部屋に戻ると、急いでテーブルに置かれた封筒を握り締めた。私服に着替えている場合ではない。一刻も早くここから逃げ出すべきだ。どうせ私服は、安く手に入れた古着だ。捨ててしまっても問題はなかった。

作業着のまま部屋を飛び出し、左手に向かって走り出すとエレベータの下のボタンを押

した。だが、急いでいるときに限ってエレベータは最上階に停止したまま中々来ない。

「なんだよ、早くしろよっ」

苛立ちながらボタンを連打していたときだった。ふと、足元に自分のものではない影が映り込んだ。背中越しに人の気配を感じる。途端に寒気が走り、その場で息を呑んだ。

誰だ……いつの間に近付かれたんだ？

マンションの住民にしては、ドアを開く音も足音も全く聞こえなかった。恐る恐る振り返ろうとした次の瞬間、首元に鈍い衝撃が走った。一瞬、何が起こったのかわからなかったが、段々と傾いていく景色に誰かに殴られたのだと気が付いた。

両腕を振り回してみても、その手は虚しく空をきる。何の抵抗も出来ないまま、太一の意識は暗闇へと落ちていった。


遠くで誰かが呼んでいた。誰の声かはわからない。むしろ、その声が自分に向けられているのかすらハッキリしなかった。耳の内側で砂嵐のノイズが入り乱れ、時折その声を遮断している。上手く聞き取ることが出来ないが、その声が徐々に近づいていることだけはわかった。

「中野様、聞こえますか？」

すぐ近くで名前を呼ばれた瞬間、砂嵐がピタリと止んだ。どうやら自分は寝ていたようだ。返事をしようと思ったのだが、思うように身体を動かすことが出来ない。どうにか目蓋だけは持ち上げた。

「意識が戻ったようですね」

声と共に車椅子が視界に入り、朦朧としていた太一の意識が本能的に覚醒した。自分は寝ていた訳ではない。誰かに殴られたのだということを瞬時に思い出した。

薄ら笑いを浮かべる目の前の黒野に、太一は慌ててその場から逃げ出そうとした。だが全く身動きが取れない。意識の問題ではなかった。実際に、立ったまま柱のようなものに固定されていたのだ。

「困ったものですね」

必死に手足を動かそうとする太一を見上げると、黒野は顎に人差し指をあてて首を傾げた。

「あれほど、約束とルールは守るようにと申し上げたのに。どうしてこうも、いとも簡単に破るのでしょうか」

「ち、違……」

言い訳をしようと口を開いたのだが、上手く声が出せない。首に妙な圧力が掛かっているのだ。

「そうですか。ならば、この部屋が何なのか貴方にはわかりませんね」と、黒野は太一が立つ場所から数メートルほど下方にある壁面を指差した。

指された方向に目を向けると太一は唾を呑み込んだ。下の部屋の壁に、赤い窓口が見えるのだ。この部屋は天井が高く一階部分と二階部分に分かれていた。二階部分は大きなロフトのようになっており、そこから下の部屋に向かって螺旋《らせん》階段が伸びている。太一はそのロフト部分に立たされていた。

あの赤い窓口があるということは、今自分がいる部屋はプッシュマンの作業場の隣ということだろうか。だとすれば、この首の圧力が何なのか想像がついた。

「ちょ……ちょっと待って……くれ」搾り出すように声を出すと、黒野は「おや？」と目を細めた。

「どうしてそんなに慌てているのですか？　ルールを守っていたのであれば、慌てることもないのですが」

冷静でいられるわけが無かった。これから自分の身に起こりえることを考えると演技する余裕はない。絶望に歪んだ顔を黒野に向けることしか出来なかった。

「プッシュマンの仕事場で貴方は見たはずです。赤い窓口から、首を吊った者の姿を……」

そうだった。確かに見てしまった。赤い窓口の向こう側で、ユラユラと揺れる二本の足。その者の首には太いロープが巻かれていた。空中に浮かぶ男の姿は、目を瞑っても思い出してしまうほど鮮烈だった。

「お察しの通り、プッシュマンの仕事は死刑執行のボタンを押すことです。これは本来、刑場の職員が行っていました。ですが、近年になってある問題が起きました。執行ボタンを押す係の者が、次々とノイローゼになってしまったのです。まあ、罪人とはいえ、人の命を奪う為のボタンを押さなければならないのですから、わからなくもありません。他にも色々と理由があるようですが、問題なのは執行ボタンを押す係りがいなくなってしまったということです。死刑という制度が無くならない限り、絞首刑は無くならない。つまり、誰かしらが押さなければならないということです。そこで当所に依頼が入りました。秘密裏に、プッシュマンという名目で派遣員を募ったわけです。本人には何も知らせないまま、ただボタンを押させればノイローゼにはならないでしょう？　ですから仕事内容自体が企業秘密であり、追求しないというルールを設け、それを絶対に守ってもらう必要があったのですよ」

無表情のまま淡々と語る黒野は、どこか楽しそうだった。まるで、こうなることがわかっていたかのようだ。

冗談じゃない、と太一は歯を食いしばった。仕事内容を追及しただけで、どうしてこんな目に遭わなければいけないのだ。これは明らかに異常だ。何とかしてこの束縛から逃れなければ……そう思ったのだが、力が全く入らなかった。

苦悶の表情を浮かべていると、黒野は「何か勘違いをしていませんか？」と首を捻った。

「プッシュマンを追求したから自分はこんな目に遭っている……そう思っているのであればそれは間違いです。貴方は重大な過ちを犯した。これはその報いなのです」

「あやま……ち？」

「貴方は一度、過去に重罪を犯しています。ですが、少年法により懲役五年という比較的軽い罰を受けて社会復帰した。私は、貴方に更生の意志が本当にあるのかどうか、それが知りたかったのですよ」

黒野は、車椅子を動かすとそのまま壁際まで移動した。彼の目の前の壁には、何かのスイッチが付いている。黙ってそのボタンを押すと、部屋中に金属の擦れた音が聞こえ始めた。

それと同時に、段々と太一の首に掛かっていた圧が強くなる。あの音は、何かを引っかいていたわけではない。首元のロープに繋がった金属のチェーンを巻き取る際に生じた摩擦音だったのだ。

その音が止まった頃には、喉仏のあたりが上方に引っ張られ、息をするのも辛い常態になっていた。

「最初に申し上げたはずです。与えられたルールや約束を守ることも大切ですが、過去の過ちを繰り返さない更生の意志が何より大切だと。貴方は、見つからなければいい、という安易な気持ちで約束を二度も破り、ルールすら守らなかった。残念ながら、そこに更生の意志は感じられません」

黒野が片手を上げると、部屋に赤いランプが入り乱れた。まさか……と、太一は目を見開いた。逃げ出したくても麻酔が掛かったように身体に力が入らない。眼球をぐるぐると動かし必死に「動け」と手足に命じても、他人の身体かのように反応してくれない。

「待って……たすけ……」

可能な限り太一は叫んだ。潰れそうなほど絞まった喉もお構い無しに叫び続けた。それでも蚊の鳴くような声しか出ず、太一の声が誰かに届くことはなかった。

「この世で最も罪深きこと……それは、裏切りでも殺人でもありません。過去の罪を繰り返し、悔い改めようとしない醜い人間の心です。是非、来世の教訓にして生まれ変わってください」

ドンッと、音を立てて太一の足元の床が開いた。凡《およ》そ六十キロもの重みが振動となって部屋に響くと、やがて静寂が訪れた。


「どうなさいますか？」

天井からぶら下がる太一を見上げながら美咲が尋ねた。黒野は、両手の指を組んで静かに目を瞑っている。

「遺体から臓器を回収し、別の場所に移動させましょう」

「大丈夫でしょうか？　遺体が公になれば、警察が動き出しますが」

美咲は赤い眼鏡のふちを持ち上げると、黒野は少しも慌てる様子を見せずに静かに頷いた。

「問題ありません。非公式で依頼している刑場の人間が、口を割ることはありませんから。

それに、今回は警察に動いて貰わなければいけませんからね」

黒野の一言に、美咲は目を見開いた。

「それはつまり、計画を実行に移す……ということですか？」

「ええ、既に準備は整いました。後は、終点に向かう為のレールを敷いてあげるだけです」

「上手く乗ってくれるといいのですが」

「乗りますよ。絶対にね」と、黒野は口角を吊り上げた。

「分岐点もいくつか用意するつもりです。最終的にどこへたどり着くのか、見届けようではありませんか。それよりも、問題なのは途中で脱線しないかどうかですね。まぁ、それも美咲君がうまいこと手を加えてあげてください」

「かしこまりました」

美咲は静かに頷くと、黒野が乗っている車椅子を押して部屋を出た。静まりかえる廊下に、車輪の回る音が響いた。

リデューサー

八

一メートルほどの幅しかない狭い廊下を歩いていく。目の前には、白髪まじりの男が、その猫背を更に丸くしながらゆっくりと前に進んでいた。

廊下の突き当りを右に曲がると十畳ほどの空間に出た。部屋の奥には十字架が掛けられ小さな祭壇が組まれている。この祭壇は信仰によって変えていた。つまり、この男はキリスト教徒だったということがここから読み取れる。

男は、中で待機していた進行役の者によって部屋の中心に立たされると、最後の言葉を述べた。

「主よ、ここに私の無実を誓います。私だけではない。無実の罪をきせられる全ての悲しき者たちをどうか導き救いたまえ」

胸の前で十字をきると、そのまま男は黙り込んだ。進行役は、それが最後の言葉だと踏んで、男に目隠しのアイマスクを着けさせると、最後に太いロープを首に掛けた。

進行役は壁面のボタンに手を掛けると、ゆとりのあったロープが張り詰める。次の瞬間、赤い閃光が部屋に飛び込み、鈍い音とともに男は真下へと落下した。

振動を感じながら赤井は螺旋階段を駆け下りた。下の部屋では、落下した男の身体が跳ね上がらないように、係りの者が揺れ動く足を押さえていた。揺れが収まると、係りの者は去っていく。

赤井は刑に処された男にゆっくりと近づくと、正面に回ってその顔を確認した。うっ血により、どす黒く変色しているが間違いない。自分が逮捕した男の顔だった。赤井は咄嗟に視線を逸らした。

この男を逮捕するのには苦労した。数少ない痕跡の中から、被疑者に結びつく証拠を探し出し、ようやくたどり着いたのがこの男だった。中々口を割らなかったのだが、重ねる尋問により、最終的には自白に追い込むことが出来た。それなのに、最後の最後であの言葉……人間、死を前に嘘を付くものなのだろうか。

「……じゃない」

えっ、と赤井は顔を上げた。何かを言われた気がしたのだ。そんなはずはない、と下を向く男の顔を覗き込んだ次の瞬間、彼の両目が見開いた。

「私は無実だっ」

……そう告げられたところで目が覚めた。

気が付くと全身に大量の汗を掻いていた。ワイシャツがピタリと肌に張り付き、ベッドのシーツにまで汗染みが出来ている。

またあの夢か……と、赤井は手のひらで額の汗を拭うと重たい身体を持ち上げた。

署に泊り込んで四日が経つ。ここの仮眠室で寝るとよく悪夢にうなされた。夢だとわかっていても途中でそれに気付くことはない。何度となく同じ夢を見ても、いつも起きると脂汗を掻いていた。

いつになったら、この呪縛から逃れることが出来るのだろうか。恐らく刑事の仕事を続けている限りは無理だろう。それでも自分には家族がいる。別居中とはいえ、早苗の病気のことを考えると、簡単に仕事を辞めることなど出来るわけがなかった。今さらこんなオッサンを雇ってくれる企業もないだろうし、刑事以外の仕事をしているイメージも湧いてこない。結局、何だかんだ言ったところで自分は刑事を続けるしかないのだ。それに、例え刑事を辞めたところで、自分が起こした過去の罪が完全に消えることはない。どうすることも出来ないのはわかっていた。

上着からハンカチを取り出し、身体に掻いた汗を拭いながら腕時計に目線を落とした。まだ朝の六時だった。もう一度寝るには中途半端な時間になる。一度シャワーを浴びて気持ちを切り替えよう……そう思ったときだった。

仮眠室のドアがノックされた。こんな早朝に何事かと思いすぐに返事をすると、椎名が慌てて中へと入ってきた。

「赤井さん大変です」

そう言って顔を歪める椎名は、視界に入った赤井の姿に「あっ」と、声を上げると咄嗟に目を反らした。ワイシャツのボタンを外して汗を拭いていた為、赤井の胸元がはだけていたのだ。

「す、すみません」と、慌てふためく椎名に赤井はため息を吐いた。思春期の中学生でもあるまいし、こんなオッサンの胸元を見たところで何ともないはずだ。これが逆の立場だったら問題なのだが。

「どうした、進展でもあったのか？」

何事もなかったかのようにボタンを留めながら返すと、改めて向き直った椎名は顔を強張らせた。

「悪い進展です」

「なんだって？」赤井の手が第二ボタンで停止した。

「第二の犠牲者が現れました」


薄く霧のかかった木々の間を歩いていくと、茶色く濁った大きな池が見えた。水面にいくつかのボートが浮かび、休日はそれを使って遊ぶ子供たちやカップルの姿が想像できる。池の周りには多くのベンチが設置され、ぐるりと続く遊歩道はウォーキングをするのにも最適の場所だった。

この井の頭公園を目当てに訪れる観光客も多くいる。吉祥寺駅を降りて、元町通りの商店街でメンチカツを買い、緑に囲まれたベンチに座って食べるのが醍醐味《だいごみ》の一つとして、よく雑誌の特集にも載っていた。

それらの醍醐味も、警察の封鎖によって味わうことができない。どうしてまた、こんな人通りのある場所に遺体が置かれていたのか。対処する立場から見ても犯人の行動に腹が立った。

遺体は、林の中に転がるように置かれていた。まだ、あどけなさの残る十代の女の子だった。白いシャツは真っ赤に染まり、何が死因になったのかわからないほど、身体の至るところから血を流している。

「酷いですよね」

遺体を覗き込んでいると、背後から椎名に声を掛けられ赤井は振り向いた。彼女もまた、苦痛に歪んだ顔をしている。

赤井は椎名に向けた目線を戻すと、「またあの封筒か」と、遺体の胸ポケットを指差した。中野太一のときと同じ黒い封筒がそこにある。

「死因は？」

「ハッキリとしたことはまだわかりません。ただ、首にロープの痕はないので、前回のような絞殺ではなさそうですね」

そう言われて遺体の首もとを確認すると、確かにロープの痕はなかった。腹部を大きく裂いてある訳でもない。どちらかといえば、皮膚《ひふ》を削ぎ落としたような損傷だった。

中野太一の時と、殺害方法は全く別のものになる。あの黒い封筒がなければ、関連した事件だと気付くのは遅かったはずだ。

赤井は口元に手をあてて眉根を寄せた。逆に言えば、黒い封筒が二人を結びつけるアイテムということになる。だとすれば、あれは何かのメッセージなのではないだろうか。ふと、そう思った。

黒い封筒のメッセージ……それが、犯人からの物だとすれば、一体何を意味しているのだろうか。死んだ者に対してわざと置かれた現金入りの封筒が、まるで香典《こうでん》のように見えてくる。

「いくら入っていた？」

「何がですか？」

ボソリと漏らす赤井に、椎名は首を傾げた。

「だから、あの黒い封筒だよ。今回はいくら入っていたんだ？」

ああ、と椎名は納得するように頷くと、すぐさま頭を振った。

「現金は入っていませんでしたよ。今回はただ空の封筒があっただけです」

「空？」

それは変だな、と赤井は思った。中野太一の時と比べていいかはわからないが、普通に考えて空の封筒を相手に渡すことはない。現金ではなくても、何かしら中身を入れて渡すものだ。

「他に持ち物もなかったのか？」

「前回同様に、本人の私物らしきものはなかったそうです。ですので、所持金もゼロだったということになりますね」

「そうか」と、赤井は頷くと再び口元に手をあてた。

　女の子が手ぶらで出掛けるということも考えにくい。中野のときのことを考えると、今回も殺害現場は別の場所になると考えて間違いないだろう。

「そういえば、例のサイトだが……アップした人物の特定は出来ているのか？」

【黒の派遣】とタイトルが付けられたサイトについて、椎名からメールで報告を受けていた。二年前の情報らしいが、同じ黒い封筒が映っている以上は無関係と判断するには早い。もし仮に、サイトに載っていたことが実際にあるとすれば、二人は何かの仕事をしていたということも考えられる。犯人の動機がそこにあるのならば無視出来ない情報だ。

　実に興味深い話だったのだが、赤井の質問に椎名は首を振った。

「ダメでした。作成者も不明になっています」

「後追いは無理か。せめて、そいつから話が聞ければと思ったんだけどな」

「すみません。力不足で」

　顔を伏せる椎名に、赤井は手の甲を払った。

「お前のせいじゃないだろ。可能性のある情報に目を向けることは大事なことだ。追えない情報だったら、諦めて次の情報に目を向ければいい。これからまた、調べなきゃならない情報が増えたことだしな」

そう言って、赤井は横たわる遺体を顎で指した。被害者には申し訳ないが、行き詰まっていた捜査に進展が生まれたわけだ。事件が続けば、それだけ新たな情報が入ることに変わりはない。

「今回の詳細について、先ほど遠藤課長から連絡がありまして、緊急ミーティングを開くから直ぐに戻れ、とのことでした」

また会議かよ、と思ったが流石に出ない訳にはいかない。「わかった」と返事をして赤井はその場を立ち上がった。


「早朝、午前五時半頃。犬の散歩をしていた老人からの通報により、井の頭公園で第二の変死体が発見された。中野太一のときと同じく、胸ポケットに例の黒い封筒があったことから同一犯の仕業だと推測される」

冒頭を読み上げる遠藤の言葉で緊急ミーティングが開かれた。これは、正式な捜査会議ではなく、捜査一課のみで集まる先行的なミーティングになる。小会議室を使い、各々が顔を合わせるように腰掛けていた。

続いて遠藤の横に座っていた鑑識が立ち上がり、彼の口から詳細が発表された。前回同様、初見の監察を行った菅原という男だ。

遺体の身元は、時中愛美《ときなかまなみ》（十九歳）女子大学生。死因は、出血多量によるショック死。

死亡推定時刻は、昨日の二十二時から二十三時の間になる。彼の話では、前回と同じく殺害現場は別の場所とのことだった。

「ちょっといいですか？」

高橋が菅原に向かって手を挙げた。最初の発言は自分がするのだ、と決めていたのだろう。どことなく目がギラついていた。

「遺体につけられた切り傷は、今回も医療用のメスのような特殊なものだったんですか？」

「いいえ、全く別のものになります」菅原は首を振った。

「前回とは違い、筋繊維の損傷が酷いのが特徴です。メスのような鋭利な刃物だったとは思えません」

「じゃあ、何でやったものなんです？」

「小さめのノコギリ……または、ステーキナイフのような、無数の鋸歯《きょし》がついたものになるかと思います。刃渡りの長さを考えると、恐らくは後者でしょうね」

「ステーキナイフ？」

高橋が眉をひそめると、他のメンバーも同時に首を傾げた。

「殺害目的の割には、随分と殺傷能力の低い刃物を使用したんですね？」今度は、赤井の横に座る椎名が口を挟んだ。

高橋は小さく舌を打つと、横目で椎名を睨み付けた。俺が言おうとしたことを……と、言いたそうだった。俺が訊いているんだからお前はでしゃばるな……とも。

「確かにそうなんですが、実はもう一つ気になることがあるんです」

　これを見てください、と菅原は一枚の資料を配り始めた。その紙には、人の形をしたイラストに無数の矢印が描かれている。何かの向きを表しているようだ。

「このイラストが被害者の遺体だとして、描いてある矢印が切り口の方向だと思ってください。すると、一つの可能性が見えてきます。損傷の激しい箇所を中心に、切り刻んだ方向と角度を考えると、ひょっとしたらこの切り傷は被害者自身が付けたものかもしれません」

「はぁ？　それじゃ、自殺したってことですか？」高橋が言うと、菅原は小さく首を振った。

「断定は出来ません。そうかも知れませんし、犯人がそう見えるように付けたものかも知れません。一応、被害者からは麻酔薬を含めた薬物反応は出ませんでした。つまり、どちらにせよ本人の意識がある状態で付けられた傷だということです」

　菅原の言葉に全員が息を呑んだ。もし正常な意識の中で、自らの身体を切りつけたとすれば、相当な苦痛を味わったはず。いや、他人からつけられたとしてもそうだ。想像しただけで鳥肌が立つ話だった。

「ただ一つだけ言えるのは、彼女一人では出来ない芸当だということです。誰かが彼女を公園まで運んだ訳ですから、少なからず他の誰かが絡んでいますよね？」

「そりゃそうですよ。それが誰なのかってことが問題なんじゃないですか。うちらが知りたいのはそういう情報じゃなくて、正確な殺害方法と現場に残された証拠とか、そういうのなんですけど」

負けじと高橋が強く出ると、菅原は遠藤に目線を向けた。話してもいいのか？　という意味だろう。それまで黙って聞いていた遠藤は、それを受けて口を開いた。

「実はだな。今回、被害者のものではない毛髪と指紋が、被害者の衣類から検出された。現在、ＤＮＡ鑑定を急いで行っているところだ」

「決定的証拠じゃないですか。それを先に言ってくださいよ」

「順を追って話す予定が、お前の横槍で狂ったんだよ」

そう言って遠藤は睨みをきかせると、高橋は「すいません」と縮こまった。アピールが裏目に出たようだ。

「まぁ、そういう訳だ。この事は既に所轄にも言ってある。お前たちは所轄と協力して、どうにか鑑定結果が出るまでに被害者の動きを追い、犯行現場の特定を行ってくれ。結果は、わかり次第報告する」

以上、解散――と、遠藤は半ば強引にミーティングを終わらせた。

菅原は、真っ先に立ち上がり部屋を出ていく。彼に続くようにして、各々が会議室を出ようとしたときだった。奥に座っていた遠藤が、「高橋、ちょっといいか？」と声を上げた。

後ろ髪を引かれるように名前を呼ばれ、高橋はぎこちなく振り返った。他のメンバーは見て見ぬふりをしながら、そそくさと部屋を出て行く。裏切り者……と、顔の半分を歪ませる高橋は、説教を受ける覚悟を決めると小さく息を吐いた。

「はい、何でしょうか？」

両手を前に組み、顔を伏せた。先ほどの発言に注意を受けるのではないかと思ったのだが、どうやら違うらしい。遠藤の顔には威圧感がなかった。

「お前、今回の一連の事件をどう思う」

「どう……と、いいますと？」

「犯人の動機についてだよ。被害者の二人は性別も違えば殺され方も違う。一見、ターゲットの決まっていない無差別殺人かと思えるくらいだ」

「二人の共通点がない限り、そうなってしまいますよね」

ただ……と、高橋が続けようとしたのを遠藤は手のひらを向けて遮った。

「その可能性は薄いと言いたいんだろ？　それは俺も同感だ。しかし、そうなると殺害動機は何になる。二人が狙われた理由は何だ？」

「それはまだ何とも……」

高橋は顎に手を当てると空中を眺めた。それがわかっていたら、今ごろ被疑者の特定が出来ている。遠藤もわかっていながら、どうしてそんなことを聞いてくるのか不思議だった。

「課長は、何か思い当たる節があるんですか？」

質問をそのまま返すと、遠藤は「うーん」と低く唸った。

「いやわからん。わからんが、どうも引っかかる。無差別殺人のような気のふれた犯罪者は別として、一般的に見れば人を殺す動機なんかは大きく三つに分けられる。金、男女関係、そして復讐だ。だが今回の事件に関してはそのどれにも結びつかん」

「確かに」と高橋は頷いた。

金銭トラブルだとすれば、中野太一の遺体に残された現金は不自然。かといって恋愛絡みとも思えない。中野太一に、深い男女関係があった人物がいなかったことは既にわかっている。

そうなると、可能性として一番高いのは復讐ということになるのだが、中野が絡んだ過去の事件の遺族にはアリバイがある。また、宮城と東京の距離を考えて第二の殺人を行ったとは考え難かった。

中野太一と時中愛美の両者に対し、復讐の念がある人物像が浮かんでこない。だからこそ、遠藤は犯人の動機について疑念を抱いていたのだ。

「ですが、動機はともかく今回は指紋が残されているではありませんか。それが判明すれば、ヤマも動きますよ」

「いや、どうかな」遠藤は短い首を振った。

「犯人が意図的に付けた可能性だって考えられる。まあ勿論、誰のものか判明したらすぐに任意同行を求めるが、余り期待しないほうがいいだろう。だからこそ、今のうちに怪しい人物に目星を付けて、そいつを徹底的に洗う必要がある。これはある意味、時間との闘いだ。このまま捜査の進展もなく殺人が続くようなことがあれば、警察の面子はガタ堕ちになる。メディアが騒いでいる限り、早急に解決へと持っていかねばならん」

「はあ……」と、高橋は頭を掻いた。そんなことは言われなくてもわかっている。黙って下を向いていると、遠藤は立ち上がり高橋の肩に手を置いた。

「多少、強引でも構わない。関係者の中に怪しい奴を見つけたら、とにかく署まで引っ張ってこい。この段階で、重要参考人がいるのといないのとでは、世間の目は大きく違うからな。真実なんかは後から追及すればいいだけの話だ。とにかく今は、被疑者確保を第一に考えろ」

「で、でしたら課長……そういうのは俺じゃなくて、赤井さんにやらせてくださいよ。その為の特別援護班ですよね？」

「あいつじゃダメだ」と首を振る遠藤に、高橋は首を傾げた。

「どうしてですか？　こういうときの為に、課長は赤井さんを呼んだんじゃないんですか？」

「それは違う。そもそも、赤井を呼んだのは俺じゃない」

「えっ？　課長じゃないんですか？」

「ああ、ひょっとしたら上の人間が直接指示したのかもしれんな。赤井の自宅も現場から近かったことだし考えられなくもない。まあ、そんなことは今更どうでもいいんだ。大事なのは捜査一課の人間で、誰がやるか……なんだよ」

どこか腑に落ちない話に、高橋は眉を八の字に曲げると、「いいか、よく聞け」と遠藤に身体を引き寄せられた。

「この事件は、上の人間も気にかけている。情けない結果を残すことは出来ない。逆に言えば、迅速に事件を解決することが出来れば、俺達の評価は上がるってわけだ。俺が上になれば、当然お前達を上げることも可能になる。よく考えろ、どうして赤井ではなく、お前だけを呼び止めてこんな話をしたのかを」

遠藤は、高橋の曲がった背を正すと、背中を二度ほど叩いた。

「課長……」

「期待しているからな」

目を輝かせる高橋に、遠藤は静かに顎を引いた。

九

ペアを組んで回る他の者たちとは別に、赤井は単独で現場周辺の聞き込みを開始した。

通常、外回りは二人一組で行うものなのだが、赤井にはそういった相棒はいない。証言の聞き逃し防止や、万が一の時のセキュリティを考えてペアを組んだ方が良いのはわかっているが、それはお互いの信頼関係が築けていて初めて成り立つものになる。そんな人間は周囲にいなかった。

それに、無理にペアを組んだところで、かえって物事がスムーズにいかなくなる場合もある。形だけ組んで、息が詰まる捜査をするくらいならば単独行動をとった方がマシだった。

そう思っているのも自分だけじゃないはずだ。赤井とペアを組むくらいならば単独の方がマシだ……と、多くの者が思っているに違いない。現に、こうして単独行動をとっていても、誰も声を掛けてこないのが何よりの証拠だ。そんなことはわかってもいるし、今さら何とも思わない。独りは公私ともに慣れていた。

井の頭公園に入ると、真っ先に公園で寝泊りをするホームレスを当たり始めた。セオリー通りではあるが、彼らが一番この公園を知っているはず。そう思い、手当たり次第に周辺のホームレスを探しては声を掛けていった。

勿論、彼らがタダでは情報をよこさない事くらいわかっている。それでも、長年の経験から反応を見れば、何かを知っているか知っていないかくらいは判別が付く。自腹を切ることになるが、それなりの成果を上げられるのであれば……と、ある程度の覚悟はしていたつもりだったのだが、今のところ交渉の余地すらもなく、有力な情報は何も得ることが出来ていなかった。

相変わらず外は暑い。黙っていても額から汗が流れてくる。緑が豊富なのはいいことだが、その分暑さを倍増させる蝉の声が輪唱して聞こえていた。別に夏が嫌いな訳ではないが、外回り中に聞く蝉の声ほど苛立つものはない。しかも、ツクツクボウシならまだしも、今鳴いているのはミンミンゼミだ。それが余計に煩《うるさ》く感じる。例年に比べて一ヶ月ほど季節がずれていた。これが異常気象ではないとすれば、成虫になった蝉の生涯が一週間しかないというのは嘘になるだろう。

木陰に身を隠しながら、ふと、池に浮かぶスワンボートを眺めた。早苗がまだ幼い頃、涼子と三人であのスワンボートに乗ったときのことを思い出す。もう十年以上前の話だ。

あの日は、久しぶりに休みが取れて家族で過ごせた貴重な一日だった。遠出することは出来なかった為、せめてもの思い出に……と、この井の頭公園に来たのだ。

「お父さん、今日は休んでていいの？」

心配そうに早苗は眉尻を下げると、繋いでいた赤井の手を引っ張った。

「あぁ、だから今日は夕飯も一緒に外で食べような」

「本当？」

「本当だ。折角だし、早苗の好きなお寿司にでもするか？」

「やったぁ」

「良かったね、早苗」

喜ぶ早苗を涼子と挟むようにしてスワンボートに乗り込むと、三人で仲良くペダルを漕ぎだした。プロペラから水しぶきがあがり、時折、水滴が顔にかかると早苗はそのつど喜びの声を上げる。久しぶりに見た娘の屈託のない笑顔だった。

だが、この笑顔が逆に赤井の胸を締め付けた。本当ならば、もっと旅行にでも連れて行き沢山の思い出が作れるはず。もし、自分が普通のサラリーマンだったら、違った形で娘の笑顔が見れたはずなのだ。

「早苗……ごめんな。お父さんの仕事のせいで、こんな近くの公園にしか連れてきてやれなくて」

謝罪のつもりで本音を漏らしたのだが、早苗はすぐに首を振った。

「ううん、そんなことないよ。お父さんと一緒なら別に何処《どこ》でもいいんだぁ」

そう言って早苗は、クシャッと目元を寄せた。

「それにね。お父さんは悪い人たちをやっつけるお仕事をしてるんだからしょうがないよ。大きくなったら、アタシもお父さんみたいになるの。悪い人たちをやっつけてやるんだから」

てりゃぁぁ……と、勢いよくペダルを漕ぐ早苗に赤井は言葉を失った。刑事という仕事を軽蔑しているのではないか、とさえ思っていたのだ。子供なりに気をつかってくれたのかもしれないが、自分もなりたいと言ってくれたその一言で、全てが報われた気がして一気に目の奥が熱くなった。

「お父さん何してるの？　ほら、もっと漕いでよ」

「あ、あぁ……よしっ、行くぞ」

誰よりも速いスワンボートだったに違いない。次の日の筋肉痛など無視して、赤井は全力でペダルを漕いだ……。

恐らく、このときの事を早苗は覚えていないだろう。いや、むしろ覚えていないほうが良かった。今ならハッキリと断言できる。刑事の仕事などやらないほうがいい。何が悪で何が正義か時折自分でもわからなくなる。確かにやりがいのある仕事ではあるが、その反面に失うものも多く、目の前が真っ白に染まる事だってさえあるのだ。そんな仕事を娘にやらせたくはない。

とはいえ、今の早苗を見ていればそんな心配は無用だろう。まともな時間に帰ってこない父親の背中を見て育ってきた彼女が、刑事になる夢を抱いたままでいることはないはずだ。幸か不幸か病気のこともあり、違う道を進むであろう早苗に内心ホッとしているのは事実だった。

きっと、今では俺のことを恨んでいるんだろうな……。

複雑な思い出に別れを告げるようにボート乗り場を通り過ぎると、吉祥寺駅方面に向かって進んでいった。

強い陽差しを浴びながら歩き回ったせいで、鬱陶しいくらいにワイシャツが肌にまとわりついてくる。このまま署に戻るか……と思い始めたときだった。

木のベンチに座り込む、一人のホームレスが視界に飛び込んできた。長いこと頭を洗っていないせいか、何本もの束になった髪が肩まで伸び、肌は黒ずみが目立ち酷く荒れている。着ている服も擦りきれるくらい劣化しており、履いているブカブカのチノパンは迷彩柄のようになっていた。

見てくれだけは他のホームレスと何ら変わりはない。ただ、手にしているものが気になった。彼は、右手に骨付きのチキンを持ち、それを豪快にかぶりついていたのだ。

クリスマスでもないのに、そんなものが炊き出しにでるとは思えない。赤井は、鋭く向けていた目付きを直してゆっくりとその男に近づいた。

「随分と良いものを食べてるんだな？」

声を掛けると、男は赤井を見上げて訝《いぶか》しげな表情を浮かべた。瞬時に、赤井が刑事だと気付いたようだ。目に警戒の色を浮かべている。

「拾ったんだよ。悪いか？」男は、素っ気無く答えるとそっぽを向いた。

「いやいや、悪いことなどないさ。ただ最近、食中毒が流行っているから注意したほうがいいと思ってな」

「そんなの知らん。何を食べようが本人の勝手だろ」

男は少しも気にする様子を見せずにチキンを骨までしゃぶると、横のゴミ箱に投げ捨てた。

「お食事中のところ悪いが、ちょっとこの写真を見て欲しいんだ」

赤井は、時中愛美の写真を男に提示した。

「もう知っているとは思うけど、今朝がたすぐそこで遺体となって発見された女性だ。この女性が、公園内で誰かと接触していなかったか……何か知っていることがあったら教えて欲しい」

「さあ、知らんね」

即座に答えた男の反応に赤井は眉根を寄せた。この男は写真を見ることなく答えてきた。普通は写真に目を向けて答えてくる。むしろ知らなくてもお金をせがむ為に、何かを知っているような素振りで返してくるものなのだ。

赤井は懐に手を伸ばして財布を取り出すと、「少しなら情報料を出してもいい」と千円札を差し出した。この男には、金をかける価値があると思ったのだが、男は千円札を横目で見ると手の甲を払って背を見せた。

「そんな金を貰ったって、知らない情報は出せねえよ。悪いけど他をあたってくれ」

「わかった。それじゃ、もう一枚出すよ」

「金額の問題じゃない。知らないもんは知らないんだ。答えようがないだろ」

そう言って顔を背ける男に赤井は首を傾げた。普通は知らなくても受け取るはずだ。それが彼のプライドなのかも知れないが、まるでお金に困っていないかのように思える。

「そうか」と、赤井は千円札を財布にしまうと、男の正面に回り込んだ。

「だったら、こっちはどうだ？」

今度は中野太一の写真を差し出した。男は、覗き込むように眺めた後、無言で首を左右に振った。

「では最後にもう一つ。この公園で車椅子の人物は見かけなかったか？」

「車椅子？　いや、見てないな。そんな人物が通っていたら、目立つから気付くんだけどな。少なからず俺は見てない」

「そうかわかった。質問は以上だ、ありがとう。また何かあったら宜しく」

簡単な礼を言うと片手を上げて踵《きびす》を返した。すんなりと引き下がったのが予想外だったのか、男はポカンと口を開けている。そんな彼の様子を見届け赤井はそのまま立ち去った。

あのホームレスは、中野太一と車椅子の人物については本当に知らない様子だった。だが、時中愛美については明らかに何かを隠している。それが何かはわからないが、ひょっとしたら重要な証言を得られる可能性は秘めている。ただ、犯人特有の隠し方をしているわけではなさそうだった。

時を改めて再度、彼から話を聞く必要がありそうだが、とりあえず今はこれでいい。あいうタイプの人間は無理に問い詰めると返って口が固くなる。焦って答えを急がせ真実とは違う話をされるほうが、かえって遠回りになったりするものだ。時には、気持ちよく立ち去ったほうが、次に尋ねたときに答えてくれるケースが多い。

それに、ホームレスに対する聞き取り調査は嫌じゃなかった。不思議と身体が強張らないのだ。

きっとそれは、自分も似たような種類に属しているからではないだろうか。後ろ指を差されながらも、孤独に毎日を生きる彼らに同じ匂いを感じる時がある。こんなことを言ったらホームレスの人たちに失礼かも知れないが、同じ【はじかれ者】として生きる彼らと話すと安心するのだ。繰り返し訪ねても苦にならない理由はそこにある。

確信的な情報こそ得られなかったものの、掻いた汗がまったくの無駄に終わった訳ではなさそうなのでとりあえずは満足だった。

今度、手土産にチキンでも用意してみるかな……。

公園の木々から漏れる光を避けながら、赤井は吉祥寺駅に向かって歩き出した。

バスに乗ること二十分。三鷹署に戻ると、赤井は真っ先に自分の居場所にこもった。二階にある喫煙室のことだ。誰にも邪魔をされずに、頭を整理するにはここが一番いい。煙草をくわえて火を点けると、空中に向かってゆっくりと紫煙を吐いた。

二つ目の事件はいくつか疑問が残る。中野太一のときは現場に一切の証拠を残していなかった。あれほど緻密に行われた犯行にも拘わらず、今度は毛髪や指紋を残すといったヘマをするものだろうか。それに、あの黒い封筒。仮にあれが何かの報酬を受けたものだとしたら、空だったのは不自然だ。

煙草を吹かしながらあれこれと考えていると、突然、喫煙室のドアが開いた。

振り返ると、「やっぱりここでしたか」と、椎名が何食わぬ顔で入ってくる。両手には、紙コップが握られていた。

「お前タバコ吸うんだったか？」

「いいえ。私は吸いませんよ」椎名は当たり前のように首を振ると、「はい、コレ」と、持っていた紙コップを差し出された。

「宜しければ、どうぞ飲んでください。差し入れです」

煙草を吸わないのになんでまた来たんだ？　と赤井は思ったが、つい差し出された紙コップを受け取ってしまい、言いかけた文句の言葉を呑み込んだ。煙草を挟んだ手で椎名から貰った紙コップに口をつける。一瞬、入浴剤の味がした。

「うわっ、なんだこれ」

「ハーブティーです。頭をリラックスさせるにはすごくいいんですよ。ダメでしたか？」

「いや、別に……」

下から覗き込むように困り眉で椎名に訊かれ、赤井は咄嗟にそう答えていた。正直好みではない。ただ、彼女の好意にケチをつけるのもどうかと思い黙った。それに、何回か口をつけていると意外と慣れてくるものだ。ちゃんと飲んでいる姿に満足したのか、椎名も自分のコップに口をつけた。

「今回の事件について、一つ赤井さんに意見を聞きたかったことがあったんです」

真剣に切り出す椎名に、「なんだ？」と、赤井は煙草を灰皿に放り込んだ。

「中野太一と時中愛美、この二人を殺害したのは同一人物なのでしょうか？」

「どうしてだ？」

「犯行の手口は抜きにしても、中野太一の時と比べて現場にわかりやすい証拠を残したり、お粗末といいますか……どうも引っ掛かるんです」

なるほどな、と赤井は頷いた。どうやら椎名も同じ事を感じたようだ。

「それとも、証拠を消す時間が無かったとかなんですかね？」

「いや、それはないな。毛髪ならまだしも、遺体を運ぶ時間があったんだから指紋を取り除く時間は充分にあったはずだ。お前が感じる疑問はもっともだよ。俺だってそう思う。それに、今回も殺害現場は別の場所になるんだ。わざわざ証拠を残すリスクを負ってまで、どうして遺体を運んだのか……そっちの方が俺は疑問だ」

「そうですよね」椎名は俯いて口を尖らせると、次の瞬間、何かを思い立ったように「でも」と、顔を持ち上げた。

「確かに目的はわかりませんが、今回は痕跡も残っていますし、被疑者確保にずっと近づいたんじゃないですか？」

「それじゃ駄目なんだよ」と、赤井は新しい煙草をくわえて火を点けた。

「真実がわからないまま、確保なんてするもんじゃない」

「どうしてですか？　確保さえしてしまえば、事件を起こした犯人に直接聞き出せるじゃないですか。真実なんか、後からいくらでも知ることができますよ」

「それがもし、歪んだ真実だったとしたらどうするんだ」

「どういう意味ですか？」

首を傾げる椎名に赤井は口を曲げた。話し出してしまえば、過去の記憶が蘇ってしまう。思い出したくもない苦い経験に、一層顔が険しくなっていくのが自分でもわかった。

「とにかく、お前達はセオリー通りに時中愛美から出てきた情報を元に、被疑者確保を第一に考えて動けばいい。俺は俺で最後まで真実を追う。それが俺の信念だ。お前も、俺なんかに構わず自分の信念を貫いたらいい」

赤井は、場の悪さを誤魔化すように吸いかけの長い煙草を捻り消し、彼女を置いて先に部屋を出ようとした。すると、「ちょっと待ってください」と、椎名に腕を掴まれた。

「でしたら、私も時中愛美が何故殺されたのか、赤井さんが納得するまで一緒に真実を追います」

「はあ?」

「赤井さんの手助けをしたいんです」

掴まれた腕から、椎名の力強さが伝わってくる。だが、赤井はその手を静かにほどいた。一緒になんかいない方が良いに決まっている。自分の為にも、椎名の為にも。

「やめておけ、お前まではじかれるぞ」

考えた末に出した言葉がこれだった。彼女も刑事である以上、出世欲だってあるはずだ。好きこのんで出世の妨げになる人物に飛び込んでくる訳がない。一時の情に流されたのであれば、絶ってやるのも先輩としての優しさだと思った。

だが、椎名は「構いません」と、首を振ってくる。

「特に大した能力も無く、何も出来なかった私をここまで導いたのは赤井さんなんです。借りた借りは必ず返す……それが私の信念ですから」

　大きな瞳を真っ直ぐ向けられ、赤井は呆気に取られた。

「言いましたよね？　自分の信念を貫け、と」

　どうやら、今からあれこれと言っても無駄のようだ。それほどまでに強い意志が彼女の目から伝わってくる。身長差が三十センチ以上ある小さな女性に、大きな男が完全に気圧されていた。

　しまった、言い方を失敗したな……。

　そう後悔しながら、赤井は観念するように頭を掻いた。

十

　カーテンを閉めきったままの薄暗い部屋で、時中愛美は安物のライターを手に取ると、シュッ、シュッと音を鳴らして火を点けた。燃やすモノがあるわけでもなく、煙草を吸おうとした訳でもない。ただ火を点けただけだ。それでも、目の前の炎をじっと眺めているだけで、グラグラと揺れ動く愛美の精神状態は、いくらかまともになっていた。

　手元にある赤いポーチを何度、開けたことだろう。勿論、中身が空であることはわかっている。わかっていても自分の意志とは別に手は動いていた。思い返せば、引き返すタイミングは幾らでもあったはずだ。その度に、誘惑に負けてきた自分がいる。

　これまで箱入り娘のように育てられた生活が嫌で、愛美は両親の反対を押しきって東京の大学に進学した。親元を離れるのは勿論これが初めてになる。

　最初は、知人がいない新天地での生活というものに多少の不安を感じていたが、それもすぐに吹き飛んだ。むしろ、過去の自分を知らない人と一から交遊を持つことが楽しくて仕方がなかった。

　真面目な箱入り娘とはオサラバし、所謂、大学デビューを果たした愛美は、自由を手に入れた反動からか羽根を広げたように遊び回った。眠らない都会の街を友人と練り歩き、カラオケ店で朝を迎えることもざらにある。サークルもいくつか掛け持ちして入ったおかげで、男友達も高校のときに比べて何倍にも増えた。

　そうして出会ったのが今の彼氏だ。学部は同じだが年齢的には二つ上。この年の差が、大学生活をより一層刺激的なものに変えてくれた。

　お酒と煙草といった、大人の嗜好品《しこうひん》も彼氏の影響で覚えてしまった。まだ未成年の愛美にとって、それらが法律違反なのはわかっていたのだが、嫌われたくない一心で、断ることもせずに彼のする行為に身を任せていた。

「人生はブラックジャックみたいなものさ」

　お酒を飲むと、彼は口癖のようにいつも語っていた。

「最高に楽しい遊びは二十一歳までしか出来ない。二十二歳になれば就職活動もしなきゃならないし、社会という監獄に入れられて遊べる時間を失ってしまうだろ？　だから、今のうちに大学生活という貴重な時間を有意義に使って楽しまなければ損じゃないか」

酔っているとはいえ得意気にそんなことを言うものだから、自分との付き合いも遊びなのではないかと心配になってくる。好き勝手に話すだけ話して酔いつぶれる彼に、愛美はいつも内心でため息を吐いていた。

それでも、愛美は彼を信じて様々な努力をし始めた。まず、田舎臭くならないように……と、美容関係に力を入れた。ファッション雑誌を開き、最新のお洒落アイテムを研究し、更には髪型にも気を使い始めた。

中でも注意を払ったのが体重だった。これは付き合ってから知らされたのだが、彼は細身の女性が好みだったようだ。残念ながら、愛美の体型はお世辞にも細身とは言えなかった。太っているとまではいかないが、間違っても他人から痩せているとは言われない。それは自分でもわかっていた。

ダイエットをして、痩せる努力を常にしなければならないというのは辛い。どうして、うちの両親は痩せていなかったのかと、この時ほど自分の親を恨んだことはなかった。

雑誌に登場する綺麗にくびれたモデルたちの写真を眺める度にため息が出てくる。いつか、自分よりも細身で綺麗な女性が彼の前に現れたら、簡単に乗り換えられてしまうのではないかと心配になった。そうした恐怖心から、気が付くと彼の言うことに「ノー」と言えなくなっていたのだ。コンプレックスともいえる、この体型の負い目こそが全ての始まりだった。

異変に気付いたのは、毎日つけている手帳を振り返ったときだった。いつものように、測った体重をチェックしていたのだが、ある日を境に体重が少しずつ増えていった。最初は、不注意によるものかと思っていたのだが、愛美はもう一つのある変化に気が付いた。

先月から、生理が来ていないのだ。元々、不順気味だったため大して気にしていなかったのだが、身体のむくみと増加する体重を考えると、この疑問の答えが自ずと頭に入ってくる。

妊娠しているのかもしれない……そう思った瞬間、慌てて家を飛び出した。近くのドラッグストアに駆け込み、妊娠検査薬を購入すると誰もいない自宅のトイレで試してみた。想像していた通りの結果だった。

大好きな彼との間に授かった子供ならば、本来は喜ぶべきことのはずなのだが、このとき愛美が感じていたのは不安と恐怖だった。

離れて暮らす田舎の両親にどう説明したら良いのか。それに、彼にこの事を話したら何て返事がくるのか……まだ、心身ともに未熟な愛美に結論を出すことは出来なかった。

しばらくの間一人で悩み続けたのだが、いつまでも隠しておくことは出来ない。考え抜いた結果、先に彼にだけ正直に話すことにした。

バイト終わりに夕飯を外で食べる約束を交わすと、その日の内に行き付けの居酒屋に入った。彼は、個室のござに腰を下ろし、顔馴染みの店員に生ビールを頼んでいる。続いて愛美が烏龍茶を注文すると、彼は「あれ？」と、声を上げた。

「今日は飲まないのか？」

「うん」と、愛美は返事をした。いつになく暗い様子に彼は首を傾げながら、煙草をくわえて火を点けると、愛美にも煙草の箱を差し出した。

「ごめん。私はちょっと」

「何だ？　どうしたんだよ。今日はやけに優等生なんだな」

いつもと違う対応の愛美に、彼の表情は次第に険しくなっていく。性格上、ペースを乱されて不機嫌になったのはわかっていた。このタイミングで話し出したらダメかも知れない。日を改めた方がいいかも……一瞬そう思ったのだが、愛美はすぐに臆した考えを振り払った。そもそも良いタイミングなんてないのだ。これを逃したら前に進むことは出来ない。勇気を出して本題を切り出した。

妊娠したことを告げると、彼の目が大きく見開かれ黒目が左右にブレ始めた。明らかに狼狽しているのがわかる。

「どうしたらいい？」

心配そうに声を掛けても彼は俯いたまま一言も喋らない。重苦しい空気が部屋に漂い、息をするのも辛かった。彼は今、何を考えているのだろうか。ほんの数秒間が何時間分にも感じ、わし掴みされたように胃が絞め付けられる。

目線をテーブルの上で右往左往させながら答えをじっと待っていると、個室の襖が開き、その店員が飲み物を持って現れた。向かい合うように俯く二人から何かを察したのか、その店員は何も告げずにテーブルの上にグラスを並べると、そそくさと部屋を出ていく。こんな状況だったら、むしろ店員に話しかけてもらいたかった。いつまで沈黙が続くのかと愛美は唾を呑み込むと、彼は意を決したようにフゥーと深い息を吐いた。

「とりあえず、乾杯するか」

「えっ？」と、愛美は顔を上げた。

「悪い。余りに突然だったからちょっとビックリした。でも、俺は嬉しいよ。おめでとう」

違うな、ありがとうか。……と頭を掻いて照れくさそうに笑いかけてくる彼に、一気に熱いものが込み上げた。

「いいの？」震える声を漏らすと、彼は「何を言ってんだ、当たり前だろ」と、目尻を下げて愛美を引き寄せた。

自分は、一体何を心配していたのだろうか。正直に話して良かった。相手がこの人で良かった……と、抑えきれない感情を胸に愛美は声をあげて泣き出した。

「幸せになろうな」

優しく頭を撫でてくれる彼の肩に身を寄せると、二人はグラスをぶつけて祝杯をあげた。こんな幸せは他にはない。例え学生だろうと未成年だろうと、この人とならどんな困難にも立ち向かっていける気がする。

すぐに掻き消されるとも知らず、そんな魔法に包まれたような感覚にこのときは陥っていた。

現実に引き戻されたのは、厳格な父の一言からだった。

「お前を信じていたんだがな」

叱られることを覚悟して実家に帰った愛美は、この日初めて父親の泣く姿を目の当たりにした。口を横一文字につぐみ、眼鏡の奥の瞳はうっすらと赤く染まっている。肯定もせず否定もしない父と、その横で両手で顔を覆う母の姿に、幸せな未来を見ていたあの瞬間の高揚は一気にどん底へと堕ちていった。

東京への進学を反対していたのも自分を心配した上でのこと。それでも結局、最後には「頑張れよ」と送り出してくれた両親への裏切り……。怒鳴られた方がまだ良かった。心臓の付け根を絞めつけられたように胸が苦しくなり、愛美もその場で涙を流した。

結局、彼氏の両親からも反対され、彼に付き添われながら都内の産婦人科で中絶手術を行うことになった。

きっとこれで、自分たちも終わり……授かった子供の命と共に、彼とも別れを告げることになるだろう。彼は、そんなことを言ってはこないが、お互いに辛い思い出を抱えたまま幸せな生活を送る事など出来るわけがない。マイナスのイメージしか湧くことのない不安定な愛美の精神は、透明な水に墨汁を垂らしたように黒く浸食されていった。

それから一週間後のことだった。連絡を閉ざしていた彼から、一本の電話が入った。「今から会えないか?」と言われ、愛美は別れを覚悟した。それでもいいと思った。これ以上、彼と付き合うと辛い記憶が甦ってしまう。過去を絶ちきるつもりで彼のアパートに出向いた。

渡されていた合鍵を使い部屋にあがると、まず散乱した洋服が目についた。テーブルの上には食べ残したカップラーメンがズラリと並び、床にはビールの空き缶が転がっている。それらのゴミに囲まれるように、彼は地べたに座り込んでいた。

目の下にクマを作り、虚ろな目をした彼は小さく右手を上げて「やぁ」と、か細い声を漏らした。

「ちょっと、どうしたの大丈夫?」

「大丈夫。すこぶる元気だよ、俺は」

「大丈夫には見えないわよ」

変わり果てた彼の姿に、つい愛美は身体を寄せた。視点の合わない彼の目は明らかにまともじゃなかった。

「そういうお前は大丈夫なのか?」

そう言われて、愛美は黙り込んだ。大丈夫な訳がない。それでも、必死で大丈夫な自分を演じているのだ。

「別に私は平気」

泣きそうになるのを堪えて愛美は首を振った。ここで弱さを見せてしまうと余計に別れづらくなる。

「ねぇ、そんな人の心配よりも、何か私に用があって電話くれたんじゃないの？」

「あぁ」と彼は頷くと手元にあった赤いポーチを愛美に差し出した。

「何これ？」

受け取ったポーチのチャックを開けると、中には数本の煙草が入っている。市販の物ではないのか、茶色い紙で巻かれた手作りの煙草だった。

「これって……」

「お前の苦痛をとってやりたくてな」

そう言って彼は鈍い目を光らせた。


本当ならば、ここで完全に彼との関係を絶つべきだった。

「これを使えば、嫌なことも全部忘れられるから」と、このとき彼に勧められ、あろうことか愛美は渡された脱法ハーブに手を出した。

煙草を吸うような小さな罪悪感しかなかった。お腹の赤ちゃんに対する中絶の後ろめたさに比べたら大したことではない。それよりも、過去の苦しみから抜け出したかった。それに、一本くらい吸ったところでおかしくなったりはしないはず。異変を感じたらすぐに止めればいい――。

そんな安易な気持ちで使ってみたのだが、そのときに得られた快感に気が付けば脱法ハーブから抜け出すことが出来なくなっていた。後から彼に話を聞くと、自分たちが使用していた脱法ハーブには、規制薬物となっている大麻が含まれていたのだという。つまり、愛美が使用していたのは合法でもなんでもなく、麻薬に手を出したのと同じことだった。

勧めてきた張本人の彼は、現在、警察の取り締まりに引っかかり事情聴取を受けている。彼が捕まったことで、初めて自分のしている事の重大さに気が付いた。いま自分も捕まり検査を受けさせられたら確実に反応が出ることだろう。数日間あけて、身体に蓄積された成分を抜かなければ自分も捕まってしまうのではないかと、未曾有《みぞう》の不安が押し寄せてくる。

田舎の両親に迷惑をかけるのは勿論、この先の人生も暗くなることは間違いない。彼の語っていた最高に楽しい遊びは、この時点で既にバーストを迎えていたのだ。

だが、今更後戻りは出来なかった。それに、これだけ後悔しているにも拘わらず、身体はあの脱法ハーブを欲していた。

愛美は目の前で揺らめくライターの火を消すと、閉じこもっていた部屋を出た。中央線に乗り込み三つ先の吉祥寺駅で降りると、他の店には目もくれずに井の頭公園を目指した。

やがて、スワンボートを一望出来るベンチが見えてきた。幸いなことに周囲には誰もいない。すぐさま近づき腰掛けると、目印の赤いポーチを見えるように膝元に乗せた。これが購入の意志を伝えるサインになる。後は、声を掛けてくれるのを待つだけだった。

だが、いつもの外国人は一向に現れなかった。ひょっとしたら、取り締まりを警戒して身を引いてしまったのかもしれない。時間だけが過ぎていき、もはやどうしたらいいのかわからなくなっていた。落胆と不安が入り混じり、頭を抱えていた時だった。

「こんにちは」と俯く頭上で女性の声がした。

目を向けると愛美は身体をビクつかせた。そこに立っていた黒いスーツの女性が警察に見えたのだ。

「そんなに恐がらなくても大丈夫ですよ。警察ではありませんから」

そう言って、女性は優しく目尻を下げた。どうして自分の考えていることがわかったのか不思議だったが、赤い眼鏡の奥にある大きな目に嘘はなさそうだった。

「何か困ったことでもあったのではないかと思って、声を掛けさせて頂いただけです」

「いえ……別に……」

愛美は咄嗟に目を逸らした。こんな悩みを他人に話すことなど出来ない。

「そうですか」と、その女性は残念そうな表情を浮かべると、愛美の横に腰を下ろした。

「てっきり、脱法ハーブで困っているのではないかと思ったのですが」

えっ？　という口の形を作ると愛美は目を剥いた。どうしてそこまでわかるのかと恐くなった。その場を立ち上がって走り去ろうとしたのだが、女性に「待って」と腕を掴まれた。

「話だけでも聞いてください。ひょっとしたら、貴女の力になれるかもしれません」

お願いだから座って、と宥《なだ》めるように呟く彼女に負けて、愛美は元いたベンチへと身体を戻した。

　改めて、その女性から名刺を受け取った。九条美咲という名前だった。派遣事務所のアシスタントをしているようだったが、そんな派遣事務所が何の力になってくれるのか疑問だった。

　それについては、美咲からきちんとした説明があった。脱法ハーブを使用する者が年々増え続けている現状に対し、この事務所は脱法ハーブの依存者に向けて、内密に相談を受ける窓口を設けているというのだ。

　勿論、個人情報は厳守される。相談料も掛からない。要するに、世の中を良くする為のボランティア活動のようなものだと教えられた。

「こんなところで一人で悩んでいても、何も解決しませんよ」

「……そうなんですけど」と考え込む愛美の肩に、美咲はそっと手を置いた。

「一緒に、いい方法を考えますから。どうか、独りで背負い込まないで」

　そう言われて、愛美の心は傾いた。今まで誰にも相談することが出来なかった。その辛さが緩和されたような気がしたのだ。愛美は、自分に言い聞かせるように何度も小さく頷くと、美咲について行くことを決心した。

　案内された事務所は、想像していた場所よりも遥かに規模が大きかった。市の協力でもあるのかと思えるほど敷地面積は広く、天井の高い洋風の家がいくつも連なっている。

部屋の数も少なからず十以上はあるだろう。黒革のソファが置かれた応接室のような部屋に案内されると、中にいた黒野という人物が車椅子に乗って出迎えてくれた。目は細く吊り上がり、長めの髪を後ろに流した彼の姿からは少しばかり冷たい印象を受ける。

「なるほど、あまり顔色が優れませんね。確かにこれでは美咲君が異変に気がつくはずです」

愛美がソファに座るなり、黒野は納得するように頷いた。そんなに顔に出ていたのか、と愛美は両手で頬を覆った。人通りの多い場所に行かなくて良かった、とも思った。

「だいぶ苦しそうですね。悩みを話せないということに、精神的ストレスも相当にあったかと思います。どうか、今日は心の内を話してください。ここでの会話は絶対に外部に漏れることはありませんので」

「はい」と愛美は呟き下を向いた。見かけに反した優しい口調に、何故だか涙が出そうになった。

「それで、愛美さんはどうされたいのですか？」

「止めたいとは思っています。このままじゃ駄目なのもわかっています。でも、自分の意志が弱いせいか断ちきれないんです。その上、彼氏が警察に捕まってしまって、それで、私も捕まるんじゃないかって不安で、恐くて、自分でもどうしたらいいのかわからなくて」

溜まっていた気持ちを矢継ぎ早に吐き出すと、黒野は受け止めるように「なるほど」と頷いた。

「止めたいけど、自分一人ではどうすることも出来ずに困っているという訳ですね。ですが、彼氏さんは宜しいのですか？　愛美さん一人が罪を免れて、縁に切れ目が入ったりはしませんか？」

それは……と、愛美は視線を逸らすと眉根を寄せた。

「もういいんです。私は、彼にとって只の都合のいい女だったんだと思います。でも、今回のことで目が覚めました。脱法ハーブと一緒に断ちきれるならば本望です」

きっぱり告げると愛美は再び顔を伏せた。別に恋愛相談をしに来ている訳ではない。傷口が開く気がして彼氏との話は極力避けたかった。その辺の心中を察してくれたのか、黒野もそれ以上突っ込んだ質問はせずに黙って頷き目を細めた。

「わかりました。そういうことでしたら、過去と決別するために当派遣事務所で働いてみるというのは如何でしょうか？」

「えっ？」と愛美は顔を上げた。突然、何を言い出したのか理解できないでいると、黒野は分厚いファイルを取り出しテーブルの上に広げ始めた。

「当所で住み込みの仕事をしていただければ、しばらく身を隠すことが出来ます。その間に、愛美さんの身体をクリーンな状態に出来ればいいわけです」

この仕事です、と開かれたページを目の前に差し出された。

【リデューサー　支給額二十万円】と書かれていた。

「これは、開発段階の新薬を身体に投与するモニターの仕事になります。丁度いま、当所にモニターの依頼が入っておりまして。愛美さんにピッタリかと思いましてね」

「いいえ、私は……」と、愛美は慌てて手を振った。別に、働きたくてここに来た訳ではないのだ。

「まぁ、最後まで話を聞いてください。この仕事をご提案させていただいたのには、理由があるのですよ」

黒野は、目の前に置かれたファイルのページを捲ると、そこに書かれていた一文を指差した。

「今回、モニターをしていただく新薬は、簡単にいえば身体に蓄積された悪い成分を取り除くものになります。つまり、脱法ハーブに含まれた大麻の成分も薬によって取り除かれるという訳です。本来は、糖尿病患者や肥満体型の者に向けた薬になるのですが、それでも効果は充分に期待出来るでしょう。脱法ハーブを使用していた痕跡も消え、更には給与までもらえる。今の愛美さんにとっては一石二鳥ではありませんか」

「でも、それって開発段階の薬なんですよね？」

当然の不安を述べると、黒野は静かに首を振った。

「これまで世に出てきた様々な新薬も、最終的にこうしたモニターによるテストを繰り返して生まれています。ですから、愛美さんだけが特別ということはありません。それに、薬を開発しているのは最先端の技術を誇る日本屈指の医療チームになりますので、指示通りに投与していただければ大丈夫です。その点はご安心下さい」

「そうなんですか」と愛美は力なく俯いた。ただ、そう言われても金額が金額なだけに多少のリスクがあるようにしか思えない。黒野をどこまで信じていいのかわからなかった。

とはいえ、この話を断ったとしてこの先、自分ひとりでどう対処したらいいのかもわからない。未知の薬を試験的に試す不安を除けば、断る明確な理由はなかった。

「あのっ、この新薬モニターの仕事は、私以外にやる予定の人っているんですか？」

「勿論です。都内だけでも十数名の方々が同時にモニターを開始する予定です。もっとも、他の方々はあくまでもダイエットを目的として行うため、愛美さんとは行う場所も目的も違いますけどね。試す薬は同じものになります」

そんなにいるのか……と、少しばかり気が楽になった。それに、黒野はさらりと告げているが、ダイエットというフレーズは聞き捨てならない。本当に痩せるのであれば、一石二鳥どころか三鳥も得られる条件になってくる。

不安の中に、少しの期待が愛美の中に生まれてくると、それを見越したように黒野が一枚の紙を出してきた。テーブルの上に置かれたその紙を覗き込むと、「賞金十万円」という文字が見える。

「愛美さんの本来の主旨とはかけ離れているため伏せておりましたが、このリデューサーには懸賞金が掛けられております。新薬モニターを行う者の中で、最も効果の見られた方に賞金十万円が贈られる事になっています。今回の場合は、一週間でいかに体重を減らせるか。まぁ、ちょっとした企画のようなものですね」

「賞金……ですか」と、愛美は目を左右に泳がせた。自分でも心が揺れているのがわかる。

よくテレビのダイエット企画でも、上位の成功者に賞金が手渡されているのを目にしていた。皆、平均でも十キロくらい減っており、水着姿で登場する人物のウエストは綺麗に引き締まっている。そのイメージ通りであれば、自分もその一人になれる可能性があるということだ。賞金よりも、そっちの方が魅力的だった。

「痩せる、痩せないはともかくリデューサーの仕事自体は何ら問題ありません。支給額の高さは、新薬のモニターを非公式に行う訳ですから、妥当といえば妥当です。それよりも、問題なのは脱法ハーブという過去の罪から抜け出せずに、いつまでも引きずって生きていくことではありませんか？」

葛藤する愛美の心に、黒野の言葉が鋭く突き刺さる。

「重要なのは、過去の自分を悔い改める更生の意志です。本当に脱法ハーブを止めたいと思うのであれば、私は全力でその後押しをさせていただきたいと思います」

黒野はファイルをパタリと閉じると、両手の指を組んで愛美を見据えた。

「改めてお聞きします。愛美さんはどうされたいのですか？」

止めたいとは思っている……さっきそう答えたはず。あれは確かに本音だった。愛美は渇いた唇を舐めると、決心するように目を見開いた。

「わかりました。その仕事、やってみたいと思います」

更生

十一

翌日の捜査会議。ずらりと並ぶ一同の前に立った遠藤の表情は、会議開始前から何も成果がなかったことを告げていた。

案の定、付着していた指紋は個別認証がされておらず、誰の物なのか特定することが出来なかったようだ。後は毛髪のＤＮＡ鑑定が残されているが、毛根の組織がない為、特定するまでに時間が掛かっているらしい。

被害者二名の接点もなく、その関係性も未だに掴めていない。またしても進展のないまま、無駄な報告会で終わってしまうのかと思われたのだが、終盤になって所轄の刑事が手を上げた。

時中愛美には二つ年上の彼氏がいた。その彼氏が脱法ハーブの取り締まりに引っかかり、事情聴取を行っていたとのことだった。事件性を感じさせる所轄の発言に、遠藤は「それだ」と声を荒げた。

「その男をもう一度引っ張って来い。それと、今から本庁の人間が向かうと伝えろ。それまでは何も動くな。学生だからといってなめて掛かると失敗するからな」

遠藤は、品定めをするように周囲を見渡すと、高橋のことを指差した。高橋は、その意図を察してすぐに席を立つ。彼が出ていく様子を見届けたあと遠藤は再び口を開いた。

「交際相手が脱法ハーブを使っていたのならば、時中愛美も使用していた可能性が高い。そこから何かのトラブルが起きても不思議ではないな。下手をすればサークル関係の未成年犯罪グループが出来上がっている可能性もある。その辺を視野に入れて聞き込みを強化しろ」

完全に星をその男に当てている遠藤に、赤井は一人顔を歪めた。中野太一もそうだが、学生による脱法ハーブ絡みだとすれば、また未成年犯罪が関わっているのだ。未成年者の犯罪は、大なり小なり毎日のように署に飛び込んでくる。そのため、普段はあまり気にならないが、自分が担当する事件となると話は大きく変わってくる。過去の苦い思い出がまたしても頭を過《よぎ》った。

「大丈夫ですか？」

険しい表情を浮かべていることに椎名が気付き、小さく声を掛けてきた。

「顔色、悪いですよ」

「なんでもない。ちょっと寝不足なだけだ」周囲に聞こえないように、赤井も小声で返した。

「少し休んだほうがいいんじゃないですか？」

「馬鹿言うな。どのタイミングで休めっていうんだよ」

「でも……」と、心配そうに眉尻を下げる椎名に、「いいから黙って話を聞いてろ」と、赤井は真っ直ぐ視線を前に向けた。事件に関係の無いことで悩んでいるとは口が裂けても言えない。今は、目の前の事件に集中しなくては……と、目頭を指で揉《も》み解《ほぐ》した。

確かに最近、脱法ハーブによるトラブルは多い。だが、殺害と遺体の運搬、さらには証拠隠滅といった行動は気のふれた者に出来るとは思えなかった。事件の関連性を考慮すれば、遠藤の方針は的を射ているようで射ていない……まるで、下手くそなマッサージを施されているみたいに、全くの検討違いな場所を突いているように感じてしまう。故に効果が出ないのだ……と。

ふと、防犯カメラに映っていた車椅子の人物が脳内にフラッシュバックする。あれからずっと、犯人と被害者の関係性について考えていた。被害者の周辺は、既に徹底的な洗い出しが行われているが確証となるものは見えてこない。それどころか、怪しい人物の浮上もなかった。

そう考えると、やはり自分たちの捜査方針が歪んでいるとしか思えない。ひょっとしたら、二人の被害者と犯人は深い関係性になかったのではないだろうか。つまり、ここ最近になって面識を持った間柄なのではないか、そう赤井は睨んでいた。だとすれば時中愛美の彼氏はシロになる。

交遊関係や金銭的トラブルなどではない。この事件の裏には、もっと大きな闇が潜んでいるような気がしてならない。きっと犯人は別にいる……そう思ったのだが、赤井には手を挙げることが出来なかった。

まるで通夜のように静かに進行していく会議にため息を吐くと、赤井はポケットからスマートフォンを取り出した。前の席に座る者の背中に隠れてサイトを開くと画面を凝視した。

椎名が言っていた例のサイトに映る黒い封筒が、どうしても気になっていたのだ。黒の派遣とタイトルが付けられ、封筒と一緒に現金が写っている。他の捜査員は、このサイトと今回の事件は無関係だという者がほとんどだ。確かに、二人を殺害した犯人の動機が、派遣という仕事に関係しているとしても、死人に現金を渡す意味がわからない。殺害動機と行動が不釣り合いなのだ。赤井自身もそう思った。

しかし、どうしてもこのサイトを頭の片隅から完全に追い払う事が出来なかった。古くさい言い方をすれば、刑事の勘というやつが頭の内で残り火のようにくすぶっているのだ。

殺害動機と残された現金……頭の中で反芻《はんすう》しながら、サイトにアップされた画像を睨んでいたときだった。画面端にメール受信の知らせが届いた。流れるテロップに送信者の名前が、【涼子】と出ている。何かと思い、画面をスワイプしてメールBOXを開いた。

タイトル名が【今度】と、なっている。そのタイトルに顔をしかめた。今度……に続く文面を想像すると、嫌な予感しかしなかった。間違っても、「今度、時間が取れたら一緒に食事でもどう？」ではないはずだ。

恐る恐るメールを開くと、やはり嫌な予感は的中した。

【無事に早苗の就職が決まったら、今後の話をしたいと思います。時間がある時でいいので、一度連絡ください】

本文を読み終え、赤井は鼻から大きく息を吐いた。文面の意図を察する限り、涼子は離婚話を持ちかけるつもりなのだろう。話をしたいとあるが、敬語で送られてきたことから、既に彼女の中では結論が出ているのかもしれない。

これまで離婚しなかったのは早苗の為であり、彼女がある程度自立することが出来れば、自分たちを繋ぐものは何もなくなる。喜ばしいことではあるが、早苗の自立が自分たちの別れを決定付けてしまう。

どうしてこのタイミングなのだ……と、赤井は頭を抱えて下を向いた。本音を言えば、心の奥で「ひょっとしたら」という思いがあった。時間が経てば、再び家族三人で暮らせるようになるのではないか……と。今回の事件が一段落したら、同居の提案を持ち掛けてみようかとすら考えていたのだ。

まさに、そんな甘い考えを打ち砕くメールに軽い目眩がした。これで、完全に公私ともに独りの世界で生きていくことになる。

自業自得、因果応報という言葉が、まさに今の自分に合っているのだろう。全ては、自分で撒いた種がこういう結果として実ったに過ぎない。そこに残されたものは、カラスと呼ばれる刑事としての職務だけしかなかった。

「赤井さん、本当に大丈夫ですか？」

心配そうに再び顔を向けてくる椎名に、もはや返事をする気力もなかった。気を使ってくれる彼女の好意ですら、偽善ではないかと疑ってしまう自分がいる。

だからだ……こんなだから孤立するのだ。素直に「大丈夫だ」と返せばいい。「ありがとう」と、笑顔を見せれば相手の見方だって変わるはず。それはわかっている。わかっていてもそれが出来ない。染み付いて離れない過去のトラウマをいつまでも引きずって生きている、そんな自分に嫌気がさした。


赤井の想像通り、脱法ハーブの絡みで時中愛美は彼氏によって殺害されたのではないかという説はすぐに崩れ去った。時中愛美の死亡推定時刻付近にその男のアリバイが完璧にあったのだ。また、他の学生たちに聞き込みをしても、犯罪が絡みそうなサークルは浮上してこなかった。

そもそも二人が脱法ハーブに手を出したきっかけは、時中愛美の妊娠にあったらしい。二人は、そのまま結婚して子供を産むつもりだったらしいのだが、結局、両親の反対により市内の産婦人科で中絶手術をすることになった。

望まない結果に心にポッカリと穴が開いた。そんな悲しみを埋めるように、脱法ハーブを使用したのが始まりだったらしい。遠藤からすれば、そんな淡い恋物語を聞くためにわざわざ出向いたわけでもなく、苛立ちを感じていたらしいのだが、その男への聞き取りも全くの無駄ではなかったようだ。

　時中愛美の彼氏によれば、脱法ハーブは井の頭公園にいた外国人から入手していたようだった。最近では、時中単独でも購入するようになっていたらしい。捜査本部は手のひらを返すように、今度はその外国人を手配するように指示していた。

「いいんですか？　急がなくて」

目の前でのんびりとコーヒーを啜《すす》る赤井に椎名がぼやいた。彼女の手元には、ジャスミンティーが置かれている。二人は、吉祥寺駅前の喫茶店に来ていた。

　正直、赤井は涼子からのメールに尾を引かれていた。だが、そんな私情に流されながら捜査をするわけにもいかない。ならば……と、気を紛らわす為にあえて椎名に声を掛けたのだ。今一人でいると、ふとした瞬間に家庭のことを考えてしまう。普段なら絶対にしないが、考えごとを減らせるのであればそれでもいいと思った。

　彼女としては、黙って付いてきたものの、忙しなく動いている他の捜査員に申し訳なく思えたに違いない。頼んだジャスミンティーには手をつけていなかった。

「急いだって意味が無いさ。外国人をあたったところで、どうせ事件解決にはならないからな」

　赤井は、テーブルに置かれた灰皿を手元に引き寄せると、煙草を咥えて火をつけた。外国人ならば、少なからず指紋等の個別認証はされているはずだ。それに、どうも中野太一の時と状況が違いすぎる。証拠を残すのもそうだが、黒い封筒に現金が入っていなかったというのが気になった。

あれは本来、同じように現金が入っていたのではないだろうか。だとすれば、遺体を犯人以外の誰かが弄ったという事になる。個別認証が無く、尚且つ時中愛美を一番に発見できた者はだれか……そう考えれば、答えは一つだった。

「恐らく、あの証拠は犯人とは無関係だ。遺体があの場所に置かれてから、誰かに弄られたんだろう。狙いは黒い封筒に入っていた現金に違いない。残されたDNAの個別認証が出ないことから、恐らくはホームレスの仕業だろうな」

「では、そのホームレスに話が聞ければ何かわかるかもしれませんね。問題は、どのホームレスかというところですが」

「いや、それは大体見当がついている」と、赤井は腕時計を眺めた。そろそろ炊き出しの配給が終わる時間だ。

「それよりも、実は椎名に頼みたいことがあるんだ」

「私にですか？」

ああ、と赤井は頷き胸ポケットからUSBメモリを取り出した。

「中を見てもらえばわかるが、映像の中に車椅子が映り込んだシーンがある。そこから車椅子の製造元の特定と、出来ることならば所持者のリストアップをして欲しいんだ。車輪に特徴があるから、ひょっとしたら特注品かもしれない」

「車椅子の人物が、何か関係しているんですか？」

「それはまだわからない。だから調べて欲しい。ホームレスは俺があたるから、椎名はコッチを優先してくれ。どうだ、やってくれるか？」

「わかりました。やってみます」と、椎名は頷くと、置いたままになっていたジャスミンティーに口をつけた。何が良いのかわからないが幸せそうに飲んでいる。その様子を眺めていると、突然、彼女は「ふふっ」と声を漏らした。

「なんだ、そんなに美味いのか？」

「いえ、違うんです。赤井さんに仕事を任されるとは思ってなかったものですから。何だか頼ってくれたみたいで、つい嬉しくなって」

そう言って、大きな目を伏せながら再びカップに口をつける椎名に、逆に赤井の顔が熱くなった。職場で誰かに喜ばれたのは初めてのことだ。

「手助けしてくれるって言ったのはそっちだろ？　別に、やりたくないならいいんだぞ」

照れ隠しにそう返すと、椎名は「とんでもない」と手を振った。

「頑張って絞り込んでみますから任せてください。その代わり、ここのお茶代はご馳走になります。いいですよね？」

「あ、あぁ……」と返事をすると、椎名はジャスミンティを一気に飲み干し席を立った。

「では、早速調べてみます。ご馳走さまでした」

ハンドバッグを肩に掛け、椎名は足早に店を出ていく。そんな彼女の後ろ姿を見送ると、不思議な感覚に包まれた。久しぶりに味わう感情というべきか、胸の奥の方がじんわりと温かくなっていく。こうした感情は少なからず三年の間は湧いてこなかった。

　これは恋愛感情からくるものではない。かといって友情でもない。刑事という特殊な環境が生み出す、絆とも呼べる仲間意識と表現すればよいだろうか。

　赤井の周りを取り囲む、真夏の暑さでも溶けることのない凍りついた分厚い氷壁が、ほんの少しだけ薄くなったような気がした。これまで誰も触れようとしなかった冷たい壁に、椎名という一人の刑事が手を当ててくれたのだ。

　同時に、ふと気が付いたことがあった。あれだけ他人と関わることを拒絶していたにも拘わらず、何故か相手が椎名だと平気なのだ。特に会話に緊張することもなく、変に身体が強張ることもない。再度、自分の心に確認するが、決して彼女に恋愛感情は持っていなかった。

　同じチームとして行動を共にする時間も多く、単純に慣れただけかも知れない。だが、だとすれば他の刑事に対してもできるはずなのだが……それともまた違うように思える。

　どうして椎名だけが平気なのか……考えてもその理由は見つからない。それが不思議で仕方がなかった。

　そういえば、誰かに茶を奢るのも久しぶりだな……。

　空になった向かいの席を眺めながら、弛んだ口元を誤魔化すようにコーヒーカップに口をつけた。

椎名と別れた後、赤井は目的のホームレスを探し始めた。先日、ベンチに腰掛けチキンを食べていたホームレスだ。あれは、黒い封筒に入っていたと思われる現金で食料を買ったものだろう。あのときの反応は、そういう意味だったはずだ。

前回、彼が座っていたベンチ周辺を探し回った。彼らホームレスにも縄張りというものがある。近くにいるはずだった。

ところが、その場にそれらしき人物の姿はなかった。公園周辺を見てまわっても例のホームレスはどこにもいない。変だな、と赤井は首を捻った。いくら入っていたかはわからないが、そのお金でこれまでの生活を一新できたとは思えない。しばらくの間は、拠点を移すことは考えないはずなのだ。

ひょっとしたらタイミングが悪く、どこかに出かけているのかもしれない。日も暮れ始めてしまった為、仕方なく赤井は署に戻ることにした。

三鷹署の階段を昇ると課の廊下がやたらと騒がしかった。見ると、多くの捜査員が慌しく出入りしている。何かと思い、赤井は近くを通った巡査に尋ねると、一人のホームレスが重要参考人として連行されたのだという。どうやら、すれ違いで他の捜査員に先を越されたようだ。

公園周辺にいた不審なホームレスに指紋認証を試したところ、時中愛美の衣類に付着していた指紋と一致することがわかり、署まで引っ張ってきたらしい。遠藤課長が立会いのもと、今まさに取調べが行われているとのことだった。

慌てて取調室に向かい隣の傍聴室に入ると、渋い顔を浮かべた遠藤が腕を組んで立っていた。まるで自分が捕まえたかのように、彼は得意気に壁の向こう側を指してくる。赤井は、マジックミラー越しに見えるホームレスの顔を確認した。まさに例の男だった。

取調べに対し、ひたすら「自分じゃない」と否定し続けているのがわかる。そりゃそうだろう、と赤井は思ったが、取り調べている高橋はどうにか白状させようと躍起になっていた。

状況証拠のみでの熱のこもった取調べは、まるで過去の自分を見ているようだった。このままでは捜査の進展は起こりそうにない。見かねた赤井は遠藤の横に歩み寄った。

「あのホームレスですが、自分にやらせて貰えませんか？」

「お前が？」

赤井の突然の申し出に遠藤は目を丸くすると、顎に手を当てて「うーん」と唸った。赤井が自分から取調べを申し出るのは約三年振りだった。正直、赤井自身も言い出したことに驚いている。今までだったら、事情聴取など考えただけで吐き気がしたのだが、何を思ったのか咄嗟に口が動いていた。

だが、そんな勇気を出した要望も遠藤は首を縦に振らなかった。

「悪いがお前には任せられない。また冤罪事件にでもなったら、今度こそ目も当てられなくなるからな」

　ここは高橋に任せておけ、と遠藤は目線をホームレスに向けたまま口を固く閉ざした。親心にも皮肉にも取れるその言葉に赤井も閉口するしかなかった。

「わかりました」と答えて傍聴室を出て行った。

　時中愛美の第一発見者らしきあのホームレス。手詰まりとなっている今、少なからず彼から聞きだせる内容は今後の捜査に大きく影響してくる。だが、彼を被疑者として見ている以上は訊き出す内容が違ってしまう。故に、これ以上の進展も望めない。手詰まりになればなるほど捜査は荒くなってくる。それは自分が一番よくわかっていた。

　次の被疑者が現れるまでは、目の前の人物を犯人だと思い込んで取り調べてしまう。多少強引になろうとも、遺族のためにどうにかして解決しようという意志が、ときに間違った判断を下してしまうのだ。

　その点、被害者の衣類についた指紋の一致は危険な判断材料となる。優秀な弁護士をつけることのない相手に、強引にこじつけてしまうことだって出来てしまう。

　だが、恐らく彼は犯人ではない。例え金目当ての犯行だったとしても、全身を削ぎ落とすように時中愛美を殺害した理由は、彼からは見つけることが出来ないはずだ。犯行現場も井の頭公園ではないのだから、真実とはほど遠い捜査と断言できる。

　ふと、赤井の脳裏に遠藤の丸い顔が過った。捜査進展の為の強引な取り調べ……。これは彼のやり方だ。

五年前のあの事件のときもそうだった。証拠不十分なのは承知の上でも、指紋という科学的根拠に基づいて無理な尋問を続けることになった。「疑わしきは罰せず」ではなく、「疑わしきは罰する」これが遠藤の考えだ。それは今も変わっていないらしい。指示をするターゲットが自分から高橋へと移っただけ。恐らくまた何かの失態があれば、「部下の勝手な行動だった」と上に報告するのだろう。

そして、当の本人には退職するか続けるかの選択を迫る。いくら腹を立てて抗議したところで、縦社会が強く残る組織にいる限り上司の言い分が正しくなり、部下は泣き寝入りするしかなかった。そんな人間がいるからこそ、何が正義なのかがわからなくなる。あとは自分の中に残っている僅かな刑事魂で何とかやっていくしかない。

捜査一課特別援護班という部署は、表向きには捜査一課を支える部署として設立されているが、その本質は何かしらの問題を抱えた者が移される異動先といえる。つまりは、サラリーマンでいうところの窓際族ともいえるだろう。いざとなったら、真っ先にトカゲのしっぽ切り候補としてあげられ処理される。悪いのは組織ではなく、個人だった……と。そうやって、警察という正義の組織を保っていた。

警視庁直轄の部署になるため、下手に現場で上司の目を向けられなくなるという点ではある意味自由ではあるが、その分周囲からの目は白くなる。白い世界にポッンと現れた黒い存在は悪に見える……そうして忌み嫌われた黒いカラスが生まれるのだ。

このままでは、本当に誤認逮捕となってしまうのではないか……過去の過ちを再び繰り返し、第二のカラスが生まれてしまうのではないか……それが何より、一人の刑事として恐かった。

十二

銀色の棒を両手で掴み胸の高さまで持ち上げると、足元にある機械からピピッと電子音が流れた。最新式の体重計に乗るのは初めてことだ。どんな結果が出るのかと、愛美は恐る恐るデジタル画面を見下ろした。

「嘘……なんで？」

思わず両手で口を塞いだ。最近、自宅の体重計で測った時よりも体重が四キロも減っていたのだ。体重だけではない。体脂肪率も六パーセント近く落ちている。

「順調のようですね」

目を輝かせる愛美の横で、黒野が手元のバインダーにその数字を書き込んでいった。特別、驚く様子も見せてこない。

「体重計が壊れている訳じゃないんですよね？」

「勿論です」と、当たり前のように答える黒野がにわかに信じられなかった。というのも、部屋に置かれている全身鏡で自分の姿を見ても、そこまで変化があるように見えないのだ。

「今回の新薬は、内臓脂肪を減らす効果が現れます。ですので、見た目に変化がなくても、愛美さんの内臓脂肪がそれだけ減ったということですね。薬が効いているようで何よりです。この調子でいけば、次第に皮下脂肪の減少も始まることでしょう」

本当かなぁ、と愛美は全身鏡を見ながら自分の脇腹をつまんでみた。柔らかい脂肪が指に吸い付くように持ち上がる。騙されているんじゃないかと、つい疑いたくもなった。

「他の方々も同じなんですか？」

「そうですね。皆様、同じように数字が推移しておりますよ」

ただ……と、黒野はバインダーに目を向けた。

「他の方々は、もう少し体重の減少が著しいですね。平均で六キロの減となっております」

嘘でしょ？　と、愛美は目を剥いた。ほんの数日間でそこまで体重が落ちる事があるのだろうか。

「それじゃ、わたしは平均以下ってことですよね？」

「そうなりますね」と、目を伏せる黒野に愛美は唇を噛んだ。別に何かの努力をした訳ではないのだが、平均以下という結果には納得出来ない。恐らく、他の人たちは投薬の他に何か運動でもしているに違いなかった。

そういうものだと言われてしまえばそれまでだが、指示されたことを忠実に守っていた自分が馬鹿らしく思え、なんだか無性に悔しくなった。

「別にいいではありませんか。こうしたモニターに個人差が出るのは当たり前です。他人と比べて平均以下だと嘆いても仕方ありませんよ」

「そうですけど」と、眉根を寄せて口をつぐむ愛美に、「それに……」と、黒野が指を立てた。

「愛美さんの目的は体重を減らす事ではないのですから」

黒野の一言に、そうだった……と不満の言葉を呑み込んだ。体重にこだわるよりも、気にしなければならない事がある。ここに来た本来の目的を思い出し、我に返った。

派遣事務所を訪ねた次の日から、愛美の新薬実験はスタートしていた。

元々、施設だった派遣事務所の一室に愛美の部屋は用意され、そこに寝泊りする形となった。黒野の指示に従って処方された薬を飲み続け今日で三日が経つ。粉薬と、サプリメントのような錠剤をくり返し飲んでいた。心配していた薬の副作用は今のところ出ていない。体重の話は抜きにして、順調といえば順調だった。

「今朝の採血の結果、数値的に愛美さんの体内から脱法ハーブの成分は消えていますね。これで、いつ検査をさせられても平気です」

バインダーに挟まれた用紙を眺めながら、黒野は「おめでとうございます」と手を叩いた。だが、愛美からすれば両手をあげて喜ぶことは出来なかった。手は震え、時折、無意味に苛立ってしまう。感情の起伏も激しく、酷いときは発狂しそうになるのを堪えるので精一杯だった。

「黒野さん……わたし……」

「わかっています。成分が抜けたものの、まだ脱法ハーブへの依存が消えないのですね？」

「はい」と、愛美は両手で顔を覆い欲望を振り払おうと首を振った。

脱法ハーブを含めた違法薬物で一番恐いのは、それらに対する依存であることは間違いない。お腹が減ると物を食べたくなるように、疲れたら眠くなるように、生活の一部として当たり前のようにそれを欲してしまう。

つまり、依存症から脱け出すには、断食や不眠生活をしなければならないのと同じ苦痛に耐えなければならない。身体から成分がなくなったからといって、そう簡単に治るものではないことくらいわかっていた。

「方法は二つあります」と、黒野は指を二本立てた。

「一つは、このまま欲求と闘い自然と治るのを待つ方法。もう一つは、更なる強い薬を投与し、薬の力で一気に依存を取り払う方法です。どちらにしても、自分を変えようという強い意志が無ければなりません」

自然治癒を選ぶか、それとも薬物により薬物依存を取り除くか……二つの選択肢に愛美は目を瞑ると、頭を抱えて前かがみに丸くなった。

今の精神状態は自分が一番よくわかっている。このまま苦痛に耐え続け、自然と脱法ハーブの依存から脱け出せる自信がなかった。ここで管理されていなければ、真っ先に脱法ハーブを手に入れる方法を考えているだろう。

とはいえ、強い薬を投与することにも恐怖心がある。何か他にいい方法はないだろうかと考えたのだが、名案が出てくるわけがなかった。

「愛美さんに、ご家族はいらっしゃいますか？」

黒野の問いかけに、愛美は顔を上げた。

「今は離れて暮らしていますが、実家に父と母がいます」

「ご両親はこのことを？」

「知りません」と答えると、黒野は「そうですか」と深い息をついた。

「違法薬物の使用は立派な犯罪です。もし、今後も大麻が含まれた脱法ハーブを使用し続ければ、いずれ警察に捕まることでしょう。そうなると、貴女は犯罪者。同時に、ご両親は犯罪者の家族というレッテルを貼られることになります。そのとき貴女は拘置所の中だ。そこでいくら反省しても、家族が味わう苦しみを取り去ってあげることはできません。これは、自分ひとりの問題ではないのです」

黒野は顎を引いて愛美を見据えると、「いいですか」と言葉を続けた。

「これまでの自分を変えるには、それなりの苦痛を味わうことになります。ですが、苦痛を乗り越えた者には未来がある。逆に言えば、それを乗り越えなければ待っているのは地獄です。どちらに決断されても構いませんが、その決断は信念を持って最後まで貫いてください」

未来を造るのは自分自身……黒野の言葉に、悲しむ家族の顔が頭を過ぎった。ただでさえ迷惑をかけているのにも拘わらず、何も知らない家族を巻き込み、これ以上悲しい思いをさせるのだけは嫌だった。

愛美は顔に当てていた手を下ろし、その手を固く握り締めた。顔を上げて黒野に目線を返すと、新薬投入を行う決意を彼に告げた。


その日の夜、再び黒野が部屋を訪ねてきた。車椅子に乗る彼の膝の上には二つの袋が置かれている。食パンほどの大きさの袋だった。

「お話していた新薬をお待ちしました。早速、今晩から試していきましょう」

そう言って、黒野は扉のすぐ横にある丸い木のテーブルの上に、二つの袋を置くと愛美を手招いた。良く見ると袋には赤いシールと黒いシールが貼ってある。

「赤いシールが貼ってある袋に、依存症を改善する薬が入っています。衝動に駆られたときはお飲み下さい」

「そっちの黒いシールが貼ってある袋はなんですか？」

「これですか？」と、黒野は袋を持ち上げると口角を吊り上げた。

「愛美さんが使っていた、例の脱法ハーブが入っています」

「えっ？」と愛美はすぐに目線を黒いシールの袋に向けた。今、自分が一番欲しい物が目の前にある。無意識に瞳孔が開いていた。

「どうして……」

「脱法ハーブを目の前にしても、何の興味もわかなければ薬が効いた証拠です。依存症から脱け出したかどうか、ご自身でも判断できるように置いておきます。それに、どのみち依存症を治すには例え手の届くところにあったとしても、決して手を出さない強い意志が必要ですからね」

どうぞ、と黒野に二つの袋を差し出された。空腹の猛獣の前に、生肉を置かれたような気分だった。止める決意を持ったはずなのだが、どうしても目線が黒いシールの袋にいってしまう。

揺らぐ愛美を横目に、黒野は「そうだ」と何かを思い出したように、手のひらを拳でポンッと叩いた。

「一つ言い忘れていましたが、この二つは決して同時に体内に取り込んではいけません。過去の自分に打ち勝つ決心がついたならば、脱法ハーブには手を出さずに薬だけを飲んでください」

では私はこれで、と黒野は部屋を去っていく。その後ろ姿に愛美は小さく舌打ちした。ここにきて何て事をしてくれたのだ。一人になった部屋で愛美は髪を掻き乱した。

これが最後の試練。この誘惑にさえ勝てれば明るい未来が待っている。そう信じて、愛美は黒いシールの袋をゴミ箱に投げ捨てた。荒くなる呼吸を落ち着かせながら赤いシールの袋を開けると、小分けにされた粉末状の薬が入っていた。

それを手に取りしばらく眺めた末、袋をちぎるとペットボトルの水を片手に、一気に口に流し込んだ。

最初の一時間は何も無かった。薬を飲んだのも忘れるくらいだったのだが、二時間が経った頃になって、ふと気がついた。先ほどまでのイライラが消え、脱法ハーブに対する欲求がなくなっていた。

これまでなかった食欲も回復し、この日の夕食として出されたラム肉のステーキもぺろりと平らげた。二時間前の自分とは明らかに違ったのだ。試しに、ゴミ箱に捨てた黒いシールの貼られた袋を手に取り中を開けてみた。葉巻のように巻かれた脱法ハーブと、ご丁寧にライターまで入っている。

だが、いざ脱法ハーブを手にしてみても、それを吸いたいとは思わなかった。不思議なくらいに冷静な自分がいる。即効性のある薬の効果に、思わず笑いが込みあげた。黒野を信じて本当に良かった。このときはそう思っていた。

しかし、その一時間後に恐れていたことが起きてしまう。全身が熱く、酷い頭痛と吐き気がした。手足は痺れて上手く動かす事が出来ない。薬の副作用であることは間違いなかった。

この症状はアレに似ていた。脱法ハーブを吸いすぎた後に、たまに襲ってくる後遺症……まさに今がその状態だった。

そんなとき、いつもならば脱法ハーブを追加して吸い続けた。すると、その苦痛が和らぐのだ。後は自然と治まるのを待つ。そんなことを繰り返していた。

だが、それも今は出来ない。依存から脱け出す薬を飲んでおきながら、ここで脱法ハーブを口にしたら全てが水の泡になってしまう。治まることのない苦痛に耐えていた。

それでも、その症状は一向に回復の兆しをみせてこない。身体がきしむように痛み、呼吸すら上手く出来ずに何度も唾を呑み込んだ。

どうしてこんな目に遭わなければならないのか……自分は何の為に薬を飲んだのか……。意識が朦朧《もうろう》とし、もはやその目的すらわからない。地面にひれ伏すように踞《うずくま》っていた愛美は、苦痛に歪んだ顔を持ち上げた。目の前には脱法ハーブがある。このままでは死んでしまう。辛抱するにも限界があった。

家族に迷惑をかけたくない気持ちはある。だが、死ぬほどの痛みを味わった今だからこそ気付いた。家族の苦しみと自分の苦しみを天秤に掛けられ、当たり前のように自分の皿に重りを乗せたことに。結局は、自分が一番なのだという思いに。

愛美は脱法ハーブに手を伸ばすと、すぐさま口に咥えて火を点けた。そして思い切り吸い込んだ。全身に染み渡るように煙が肺に充満すると、途端に頭痛が治まっていく。まさに体調を整える薬を処方したようだった。

二口、三口と続けて吸い込むと、頭痛や吐き気はおろか呼吸も安定し、とても気分が良くなった。本当は、こっちが薬だったのではないか……と、さえ思えてくる。

とりあえず良かった。助かった――。

落ち着きを取り戻すと同時に眠気が襲い、愛美はその場で静かに目を閉じた。

すっかり寝てしまった、と次に目を覚ましたとき、そこには不思議な世界が広がっていた。青々とした空が続き、地平線を挟んでお花畑が絨毯のように敷かれている。ここが何処なのかはわからない。つい先ほどまで派遣事務所の一室にいたはずだ。不思議に思いながらも愛美は辺りを見渡すと、視線の先に小鳥のような小さな天使が飛んでいた。

なるほど、これは夢を見ているのだ、と思った。試しに軽く飛び跳ねた。身体に羽根が生えたように高く舞い上がり、愛美は無性に嬉しくなった。例え夢でも、ここは自分の理想が全て叶う世界。苦痛に耐えたご褒美に神様が見せてくれた夢の世界なのだ。

頭の中で、「鏡よ、出てこい」と念じてみた。すると、目の前に全身鏡が現れた。愛美はその鏡の前に立つと前よりも少しだけ痩せた姿が映って見えた。それでも、自分の理想の体型とはほど遠い。

何よこれ。こんな姿を見るために鏡を出した訳じゃない。どうして夢の世界にまでコンプレックスが付いてくるのよ……。

全身鏡に映る自分を睨み付けながら、愛美は太ももの肉を指で摘んで思いきり引っ張った。ブチッと音がして肉が取れると一回り脚が細くなった。勿論、夢の世界に痛みはない。血を流すこともなく肌も潤いを保っている。

やった……と、声を上げながら愛美はどんどんと余分な肉を千切っていった。葡萄《ぶどう》の房から実を採るような、軽やかな感触は快感だった。

もっと……もっとよ。こんなんじゃ物足りない。もっと一気に細くしたい。

鼻息を荒くしながら、貪欲に理想の体型をイメージしていると、気がつけば手にステーキナイフを持っていた。よく見れば、夕食のラム肉に使ったナイフだった。

夢の世界は本当に便利だ。丁度いい、これを使って一気に肉をそぎ落としてしまおう。憧れのくびれを造り、モデルのようになってやる。愛美は目を光らせると、脇腹にナイフの刃をあてた。

チクリ、と針を刺したような痛みが一瞬走ったが、その痛みも最初だけだった。肌に触れたナイフの感触は熟した桃のようだ。皮と一緒に果肉が剥がれ、奥から果汁が溢れだす。それでいて芳醇な香りが鼻腔を刺激した。

なんていい香りなのだろうか。甘い果実に吸い寄せられる鳥たちの気持ちが今ならわかる。きっと、この香りを嗅げば世の男たちも寄ってくるのではないだろうか。モデルの様な体型と魅惑の香り……これならば、すぐにでも新しい彼氏が見つかりそうだ。そしたら今度こそいい男を掴んでやる。人生をリセットし、幸せな家庭を築くのも夢ではない。

この先に待っている理想の未来に心を踊らせながら、愛美はその快楽に酔いしれた。


「愛美さん、聞こえますか？　愛美さん……」

美咲が声を掛けると、愛美はゆっくりと目を開けた。だが、意識はほとんどなかった。反射的に目蓋を上げたに過ぎず、黒目を動かすこともなくぼんやりと空中の一点を眺めている。

移動させた。

「一応、目は開けました」と、美咲は振り向き報告すると、黒野は愛美の真横に車椅子を移動させた。

「愛美さん、だから言ったではありませんか。二つは決して同時に取り込んではいけないと」

地べたに転がる愛美を見下ろしながら、黒野は呆れたようにため息をついた。彼女の身体は、至るところが刃物で傷つけられ、そこからおびただしい量の血が流れている。もはや時間の問題であることは明白だった。

「あれほど忠告したにも拘わらず、あなたは誘惑に負けて脱法ハーブに手を出した。更生の意志が弱い者は永久にそこから脱け出せず、自ら破滅の道をたどるのです」

懐に手を入れると、黒野は愛美の胸の上に厚みのある黒い封筒をそっと置いた。

「体重を減らすという点では貴女が群を抜いてトップでした。その痩せたいという信念を正しき方に向けていたら、あるいは違う結果になっていたのですが……と、言ってももう遅いですね」

車椅子を反転させ、黒野は愛美に背を向けた。もはや反応することも出来ない彼女を残して、そのまま部屋を出て行った。

廊下に車輪の音とヒール音が木霊する。その音を耳にしながら、黒野は背後からついてくる美咲に声を掛けた。

「どうやらあの治療薬は失敗作のようですね。体内に蓄積される薬の成分を取り除く効果は充分にあるのはわかりましたが、やはり他の薬物と併用すると酷い幻覚症状を引き起こすようです。この調子ですと、効果的な治療に至るまでの新薬は、まだまだ生まれそうにありませんね」

「それは仕方がありません。新薬実験には失敗がつきものです。誰かが犠牲にならなければ、医学の進歩もありませんから」

「私と同じ苦しみを味わう者に少しでも希望を残してあげたいのですが、上手くいかないものですね」

そう言って、黒野はどこか悲しげに天井を見上げた。

「お嬢様の具合はいかがですか?」

「そうですね。来るべきときを待っている……といったところでしょうか。いずれにしても余り猶予はありません」

小さく首を振る黒野に美咲は息を呑んだ。表情こそ見えないが、彼の背中からこれまでにない焦りの色が見えたのだ。

「でしたら早急に動きます。時中愛美の処分はどうされますか?」

「彼女の場合、薬物を使用していますので臓器の提供は出来ません。遺体をそのまま井の頭公園へ運びましょう。これで、世間的には連続殺人事件として取り上げられるはずです。大きなニュースになれば、警察もうやむやにすることはできないでしょう」

「過去の事件のように……ですね?」

「ええ」と、黒野は静かに頷いた。

「後は予定通りに動けば、きっと真実にたどり着いてくれるはずです」

「ですが、もし私たちの望んだ結果にならなかったとき……そのときはどうされるおつもりなのですか？」

背後から投げかけられた美咲の質問に、黒野は車椅子を停止させた。

「そのときはそのときです。例えどんな結果になろうとも、私は自分に課したルールに則り対処します。それが私の信念です。ですから美咲君もこの先、何があろうとも決して目をそらさないでください」その場で車椅子を反転させると、美咲に向かって目を細めた。

「神のみぞ知る……と、いう訳ですか」

美咲は、ブラウスの第一ボタンを外し首に掛けていたチェーンを引き抜くと、胸元にしまっておいたロザリオを手のひらの上に乗せた。黒く変色し、端のほうが折れ曲がったように歪んでいる。

一度は捨てた思い出の中で、唯一残しておいた代物だった。信仰心を取り戻した訳ではない。これは、自分の存在意義を忘れない為……五年前の出来事を忘れない為の禊《みそぎ》になる。

「いよいよ……ですね」

マリア像に向かって投げつけた、あのときのロザリオを強く握りしめると、美咲は静かに目を閉じた。

冤罪

十三

「だから俺じゃない。金を取ったのは確かだけど、発見したときには既に死んでいたんだ」

黄色く汚れた歯をむき出しにしながら、ホームレスの男は何度も同じ台詞を吐いていた。

身柄を本庁に移し、この男を拘束してから間もなく二十四時間が経とうとしている。狭い空間に閉じ込められ、朝から晩まで行われる事情聴取に明らかに疲労の色が見えていた。

「だったらどうして通報しなかったんだ？」向かいに座る高橋が訊いた。

「そんなのは、金を取ったのがバレたくなかったからに決まっているだろ。何度も言うけど、黒い封筒に入っていたのは三十万円。その金も全部使っちまってもうない。何回聞かれても答えは変わらないって、さっきから言ってるだろ」

「嘘を吐くな、お前が彼女の行動を監視していたのを他のホームレスが見ているんだ。つまりお前は、最初から彼女の事を狙っていたってことだろうが」

高橋は声を張り上げると目の前のデスクを叩いた。何回も繰り返されたやり取りなのだが、男はその度に肩をびくつかせた。

「彼女が外国人から何か買っているところを前にたまたま見ただけだ。誰だよ、監視してたなんて言っている奴は」

「そんなのは誰だっていいだろ。それよりも重要なのは、彼女が脱法ハーブを買うために、大金を所持していたことをお前が知っていたということだ。彼女みたいな女子大生が大金を持っているなんて普通は思わないもんな？」

「だから誤解だって、俺は……」

質問と答えが平行線をたどる、そんなやり取りを赤井はマジックミラー越しに眺めていた。危ないな、と思った。高橋の主張ともいえる質問は単なるこじつけに過ぎない。今回の事件は金目当ての犯行ではないのだ。

それは中野太一の時に既にわかっていたことのはず。本末転倒ともいえる高橋の粘りに焦りを覚えた。早いところ犯人の尻尾だけでも捕まえないと、本当に取り返しのつかないことになる。傍聴室を出て足早に自分のデスクへと戻った。

椅子に腰掛け、すぐさま大学ノートを開いた。こういうときは紙に書き出してわかったことを整理していくのが一番。赤井は新人のときから欠かさずにこれを行ってきた。タブレットやスマートフォン等の電子機器を所持していても、そこに捜査関係の資料は一切入っていない。

この、文字を書くということに意味があると思っている。簡単に消したり、修正が出来て見やすく整理できるファイルよりも、ボールペンで乱雑に書いたノートのほうが断然いい。時に、メモのように書かれた言葉の切れ端が、思わぬ糸口になる場合があるのだ。

ペンを握り、一つずつ疑問点を書き出していく。最初に起こった中野太一殺害事件……発見された場所はマンションの地下駐車場だった。恐らく、遺体は外から車で運搬されたはずだ。首を絞められて殺された後、腹部を裂いて内臓を持ち去っている。箇条書きで、【マンションの地下駐車場】と書いた。

時中愛美の遺体発見現場は井の頭公園の一角にあった。全身を刃物で削ぎ落としたことによる出血多量が死因になる。この二つの事件には、いくつかの共通点があった。

まず、どちらも殺害後に遺体を移動させているということ。場所は同じ三鷹市内で発見されているのだが、殺害現場が別にあり、車で遺体を移動させたことを考えると範囲の特定は難しく、未だに殺害現場の特定が出来ていない。

赤井はノートに、【井の頭公園】と書くと二つの遺体発見現場を線で結んだ。続いて、スマートフォンを使って地図を開くと中間地点を調べた。恐らく、殺害現場はそこから車で一時間以内の範囲になるはずだ。移動時間を考慮し、中心軸から円を書いた。だが、その範囲の広さにため息が出る。

人口密度の高い東京で一時間圏内をしらみ潰しに調べ、現場にたどり着くには相当な時間を費やすことになるだろう。はっきり言って今の段階では、何か新たな手掛かりでも掴まない限りは不可能に近い。

一旦、思考を変えてもう一つの共通点に着目した。今回の事件の最大の謎でもある、あの黒い封筒……ホームレスの証言を信じるとすれば、結果的にどちらの封筒にも二十万円以上の現金が入っていたということになる。

普通、遺体にそれだけの現金を残すことは考えにくい。事故や衝動的犯行ではないはずなので、結論を言えばあの現金は犯人が意図的に残した可能性が高いのだ。

ならば、犯人は何の為に現金を残したのか……それが理解出来なかった。移動させた遺体と残された現金。この二つの行為から考えられるのは、そこに犯人からの何かしらのメッセージが込められているということ。そのメッセージが何の為に発信されているのかがわからなければ、どのみち捜査の進展はない。

遺体の移動と残された現金に一体何の意味があるのか。大学ノートを睨み付けながら、行き詰まる思考にペンを動かす手が止まっていた。

すると、廊下が再びざわつき始めた。何かと思い、赤井も席を立つと廊下に顔を出した。数名の刑事が一斉に取調室へと走っていく。目を向けると、部屋から高橋が出てきた。続いて、ホームレスがその後ろから顔を出す。その二人をガードするように刑事が前後を挟みながら、こちらに向かって歩いてくる。

変だな……と、赤井は腕時計を眺めた。取調べを中断するには、あまりにも早すぎる。加えて、このタイミングでの移動は考えられない。それに、心なしか高橋の顔付きが強張っていた。それとは対照的に、ホームレスの顔には笑みがこぼれている。きっと、何かあったに違いなかった。

赤井は、彼らを追いかけるように歩く一人の刑事を掴まえた。見覚えのある若い男の刑事だ。

「進展でもあったのか？」と尋ねると、「いえ……逆です」と、彼はすぐに答えた。

「ということは、あのホームレスの無実が証明されたってことか？」

「まだ無実が証明されたわけではありませんが、彼から採取した毛髪を元にＤＮＡ鑑定したところ、現場に残されていた毛髪とは一致しないことがわかったようです。ですので、一旦、聴取を取り止めるように遠藤課長が指示を出したみたいですね」

なるほど……と、赤井は去っていくホームレスの背中を眺めた。どうりで足取りが軽く見えるわけだ。

「ということは、現場に残されていた毛髪の鑑定結果も出たってことか？」

「さあ、詳しくは聞いていませんが、先ほど慌てて指示されていたので何かわかったんじゃないですかね」

「そうか」と頷くと、その刑事は「すみません、急ぎます」とその場を離れた。

どういう結果が出たのかはわからないが、とりあえずこれで彼を強引に逮捕するようなことはしないはず。内心、ほっとすると赤井はその足で喫煙室に向かって歩き始めた。

階段を降りて、半透明のガラス戸を開くと早速煙草に火を点ける。全身にニコチンが染み渡ると、ゆっくりと煙を吐いた。今後のことを考えると、安心してもいられない。あのホームレスが解放されたということは、また振り出しに戻ったということだ。となると、今のところあの車椅子の人物を追う線しか道はない。椎名の調査が順調に進んでいるといいが……。

そんなことを考えながら、一本目の煙草を吸い終えて二本目を咥えたときだった。背後のガラス戸が開き、紙コップを持った椎名が顔を出した。右手で二つの紙コップを器用に掴み、左手には封筒が持たれている。

「どうぞ」と、差し出された右手から一つ紙コップを受け取った。

「悪いな」

軽く紙コップを持ち上げて口をつけた。また例の入浴剤の味がした。

「あのホームレス、帰したんですね？」

「ああ、ようやくな」と頷き、赤井は再び煙草をくわえて火を点けた。

「これで少しは、ずれた捜査方針が修正されるだろ。きっとまた、無駄な会議でもするんじゃないか？」

皮肉めいたことを言うと、椎名も「ははっ」と声を漏らした。

「いずれにせよ、俺たちはここから犯人の目的を見つけるか、もしくは新たな証拠を探さなきゃならない。どっちにしろ、慌しくなるだろうよ」

ため息まじりに煙を吐くと、「それなんですけど」と、椎名が左手に持っていた封筒を持ち上げた。

「新たな証拠になるかはわかりませんが、頼まれていた例の車椅子の所持者、こちらにまとめておきました」

「はあっ？」

随分と早い調査に思わずむせた。「もうわかったのか？」

「はい。一応」

何て事のない作業だった、と言わんばかりに頷く椎名に、赤井は胸を叩きながら封筒を受け取ると、中に入っていたA４用紙を二枚取り出した。

一枚は車椅子の全体写真。もう一枚は、車椅子所持者一覧とタイトルがつけられ、十二名の個人名が書かれていた。

「赤井さんの想像通り、この電動式車椅子は各個人の体型に合わせて作るセミオーダータイプの特注品でした。タイヤに引かれた赤いラインは、そのブランドを示すものらしく、メーカーに確認したら意外とあっさり絞り込めちゃいました」

「凄いじゃないか」と赤井が称賛の声を上げると、椎名は「へへっ」と嬉しそうに人差し指で頬を掻いた。

「ですが、そのリストは首都圏内だけですよ。全国に範囲を伸ばすと数も膨大になるので、勝手に絞り込んでしまいました」

「十分だ。ありがとう」

十二名か、と赤井はリストを眺めながら小さく何度も頷いた。これだけ絞り込めれば一人一人に確認することが出来る。微かな進展に心が跳ねた。

「赤井さんの考えでは、この中に犯人がいるということですか？」

「わからない。でも、その可能性はある。後は、しらみ潰しにあたってヒットするのを祈るしかない」

「手伝いますよ、わたし」

「悪いな」

「何を言ってるんですか、同じチームなんですから当たり前ですよ」

椎名はいつもの笑窪を見せた。

チームか……と、赤井は目を伏せた。明るく接してくれる仲間は、ここ三年いなかった。腫れ物には触れないように、と誰も近づいてこようとしない。加えて自分からもあえて避けていた。難解な事件を仲間と共に捜査していると、あの冤罪事件をどうしても思い出してしまうのだ。これは、過去の思い出を封印する為に自分で予防線を張っていたに過ぎない。チームワークなど忘れかけていた感覚だった。

どことなく気まずい雰囲気が流れ、気を紛らわすように貰ったハーブティーを一気に喉に流し込むと、「それにしても……」と彼女が再び話を切り出した。

「本当に不思議な事件ですよね。中野太一のときもそうですが、あんな大きな公園に遺体を置いたら、すぐに発見されることを犯人だってわかっていたはずじゃないですか。ホームレスだってあれだけいるんですから」

「普通はそうだな」

「ひょっとしたら犯人は、遺体をホームレスに発見させたかったんじゃないでしょうか？」

「何の為にだ？」

「遺体に触れたホームレスの指紋が残ることを考えて、私たち警察の捜査を撹乱させ、誤認逮捕させようとしたとか。だとすれば、遺体の置き場所にわざわざ公園を選んだ理由にも繋がりますよ。目立つ場所ならば他にいくらでもありますし、数ある放置場所の候補から公園を選んだってことがキーだと思うんです」

どこかの探偵のように人差し指を立てる椎名に、赤井は鼻で笑い飛ばした。そんな、あわよくば的な計画を犯人が練っていたとは思えないのだ。例えホームレスを誤認逮捕したところで、このままでは送検するための資料が揃わない。本人が自白でもしない限りは見ての通り釈放される。それに、捜査を撹乱させるのが目的なのであれば、最初の中野太一のときからそうしたはずだ。

そんな訳ないだろ、と喉まで出かかって赤井は言葉を呑み込んだ。椎名の言葉に、ある仮説が頭を過ぎったのだ。確かに彼女の言うとおり、遺体を目立つ場所に置くことだけが目的なのであれば、他にも場所はいくらでもある。

仮に犯人が誤認逮捕になるように仕向けたとしても、その本当の目的が捜査の撹乱とは別のところにあるのだとしたら……遺体を置く場所が、あの場所でなければいけない理由があったとしたら……。

中野太一が発見されたマンションの駐車場、時中愛美が発見された公園、二つの現場の繋がりを再度思い起こした。そして、今回の事件で起きたありとあらゆる例を振り返ったとき、赤井の脳に電流が走った。

まさか、この事件は――。

「どうかしたんですか？」

心配そうに椎名が首を傾げると、赤井は「なんでもない」と答えた。

「ちょっと出てくる。悪いが、椎名はそのリストをあたってくれ」

「わかりました」と椎名の返事を耳で聞き流しながら、赤井は椎名を残して喫煙室を飛び出した。もし、自分の推測が合っているとすれば、これ以上、彼女を巻き込むわけにはいかない。どうか間違いであってくれ……そう願いながら、長い廊下を駆け出した。

十四

署内にある資料室。奥の棚に積み重なったダンボールの中から、一冊のファイルを取り出した。そのファイルは、本当ならば一生開くことなく封印しておきたかった。それほどまでに忌まわしきものだったのだが、それを上回る酷い胸騒ぎが赤井の手を動かしていた。

当時の資料を開く度に、過去の記憶が生々しく蘇る。そのファイルに綴じられている内容は、今から五年前に起こった連続婦女暴行殺人事件のものになる。女性に暴行を加えて殺害した後、ナイフで遺体を切り刻むという猟奇的な事件が起こったのだ。

　赤井は、その事件の主軸として動いていた。この大きなヤマを解決することが出来れば自分にも昇進の声が掛かる。そう信じてがむしゃらに走り回った。

　被害者は、いずれも深夜の時間帯に単独行動していたときを狙われていた。場所は被害者の自宅マンション付近、それと公園の二箇所。無差別に狙った犯行と予測されたのだが、現場に残された証拠が少なく捜査の足踏みが続いた。それでも、何度も現場に足を運び、懸命な聞き込み捜査によってようやく一人の男にたどり着き、逮捕することに成功する。

　だが、その男はずっと容疑を否認していた。しびれを切らした赤井は、強引とも言える尋問を繰り返し、ようやく男に罪を認めさせ送検させた。動機を含めた事件の全貌に大きな穴が空いたまま、半落ちという形で幕が下りた。

　結局、二年後に犯人の死刑が確定し、その男は処刑されたのだが……その後、思いもよらぬことが起きてしまう。死刑が執行されてから、とある未成年者が自分が犯人だったと名乗り出てきたのだ。

　一見、繋がりがないような未成年者と被害者の関係を改めて紐解き、それに基づいて裏付け調査を行うと、空いたままのピースが証言通りにピタリと当てはまっていった。まさに、その少年の証言に嘘偽りが無いことが証明された瞬間だった。つまり、死刑となった受刑者は無実。前代未聞の冤罪事件だったことが判明する。

被疑者の確保を優先的に考え、早期解決だけに全力を注いでいたため真実に気付けなかった。目の前の男が犯人だと決めつけ、どうにか白状させようと強引な尋問を行った結果、歪んだ真実を生み出してしまったのだ。

だが、この冤罪事件はメディアに大きく取り上げられることはなかった。刑が確定した後の自首という事と、冤罪事件で死刑となった男の遺族から訴えがなかった為、警察本部が意図的に情報を遮断した……つまりは、揉み消した。それが真実だった。

それが今から約三年前のこと。ちょうど椎名が研修を終えた辺りのことだ。そのことが赤井の昇進を止め、特別援護班という今の部署に異動になった。そしてこれを期に、他人と会話することに身体が拒絶反応を示すようになってしまったのだ。仲間と距離を置き、孤独に生きる黒いカラスが生まれた瞬間だった。

涼子と別居することになったのもこれが原因だった。同じ警察関係者が集まる婦人会に出る度に、他の者からは無視をされ後ろ指をさされてしまう。更には、誰がやっているのかはわからないが、郵便ポストに生ゴミを入れられたり、自転車をパンクさせられたりといった悪質な悪戯を受けるようになった。夫が犯した最大の過ちを間接的に責められ、涼子がそれに耐えられなくなるのは当たり前だった。そして、その矛先はやがて早苗にまで向きかねない。

結果として赤井は家を出た。ほとぼりが冷めるまで、一緒にいないことが解決策になるとそのときは思ったからだ。決して、妻や娘への気持ちが薄れた訳ではない。むしろ、愛する家族の為に距離をおいたのだった。

ただ、残念なことにその距離は未だに詰まることはなかった。むしろ、気が付かない内に徐々に遠ざかっていたのかもしれない。そう考えると、あの時に出した結論が本当に正しかったのか……心が引き裂かれそうだった。

過去を振り返ると、同時にいくつもの余計な記憶がくっついてきてしまう。思い出すだけで、みぞおちの辺りがしめつけられたように苦しくなる。だが、今回の事件と過去の事件を照らし合わせて考えると、思い出さない訳にはいかなかった。

切り裂かれた遺体、誤認逮捕……そして問題の遺体発見現場、これだけ一致すると無関係には思えない。だとすればこの事件の犯人は、自分が起こした五年前の冤罪事件に対して、何らかの恨みを持つ者である可能性が高い。

冤罪事件により死刑となった男の名前は九条隆《くじょうたかし》。彼には美咲という名前の娘が一人いた。九条隆が逮捕され、親戚もいなく引き取り手が見つからなかった美咲は、その後、施設へと預けられていた。

その施設はアウトリーチという名前で、主に美咲のような引き取り手もいなく、家族に何らかの問題がある者を受け入れる数少ない保護施設だった。資料には当時の経営者の名前が書いてある。黒野という人物だった。

赤井は、先ほど椎名から受け取った車椅子所持者一覧に目を向けた。指でなぞるように個人名を見ていくと、リストの中腹で手を止めた。そこに黒野の名前が載っていたのだ。

仮説が確信に変わり赤井は固唾《かたず》を呑んだ。

この事件は九条美咲が主となり、父親を殺された冤罪事件を警察に思い出させるために行った、見せしめともいえる殺人事件……そう考えると、わざわざ遺体を移動させた理由にも納得がいく。恐らく、この黒野という人物が裏で手を引いているのだろう。

同時に、殺害された二人の共通点もハッキリと見えてくる。中野太一は、十八歳のときに殺人事件を起こしている。時中愛美も、違法薬物使用という犯罪を起こしていた。つまり二人の共通点は、「未成年犯罪を起こしていた者」といえる。どうして今まで気がつかなかったのだろうか。新たな情報なんかよりも、過去の事例と比較していればもっと簡単に気付けたことなのだ。

いや、と赤井は首を振った。自分の事件から目を背けていた以上こうなることは必然だった。無意識のうちに捜査の進展を自ら止めていたのだ。これは自分たち警察へのメッセージ。そして、その事に気付ける者は限られている。

あのときの女の子か……と、赤井は九条隆のアパートに向かったときのことを思い出した。大きな目が真っ赤に染まり、呆然と固まる彼女の顔は今でも覚えている。彼女は当時まだ高校三年生。今の早苗と同じ年齢だったと思うと複雑な感情が込み上げてくる。

赤井は、急いで携帯を取り出し通話履歴をタップした。九条美咲が復讐の為に殺人を行っているのだとすれば、やがて強引な尋問を行った自分個人へとターゲットが移る可能性が高くなる。当然、家族が狙われる可能性も高かった。

通話口から呼び出し音が流れてくる。だが、繰り返し同じ音が流れるだけで涼子は出なかった。

「くそっ、どうして出ないんだよ」

焦りと苛立ちから画面に向かって叫んだ。それでも一向に繋がらない。携帯をポケットにしまい、慌てて資料室を出ようとしたときだった。

突然、資料室のドアが開き遠藤が顔を出した。そのすぐ後ろには高橋の姿もある。

「赤井……ちょっといいか？」その遠藤が、ゆっくりとした口調で手招きした。

「すみません、ちょっと今から出ていきます」

「出かける？」

遠藤が訝しげに眉をひそめると、赤井は彼らのいるドアまで駆け寄った。

「防犯カメラに映っていた、車椅子の所持者が特定できそうなんです。すみませんが、急いでいるので話ならあとでお願いします」

そう言って、二人の間を抜けようとしたときだった。

「ちょっと待て」と、遠藤に肩を掴まれた。「人物の特定なら他の者にやらせる。お前は俺たちと来い。話がある」

「何ですか？　話ならここで聞きますよ」

腕時計に目線を落としながら赤井が口を尖らせると、遠藤の目つきが鋭くなった。

「ここで話せないから来いと言っているのだよ。いいから……ついて来い」

まるで連行されるかのように、二人に挟まれ強引に連れ出された。

捜査一課の前を通り、先ほど歩いてきた道をたどっていくと、遠藤は取調室の前で足を止めた。「入れ」と、顎でドアを指され赤井は取調室に入っていく。中には、空席になった椅子とテーブルがあった。

「どういうことですか？」

てっきり新たな事情聴取でもあるのかと思ったのだが、そこには誰もいない。ミーティングをするならば、わざわざこんな場所を使うこともないはずだ。

「いいから座れ」

何をしたいのかがわからないが、指示されるままに奥のパイプ椅子へと腰かけた。向かいに遠藤が座り、高橋は入口付近の椅子に腰をおろす。いつも記録員が座る場所だ。

「お前に聞きたいことがある」そう言って、遠藤は両手の指を組んだ。

「時中愛美が殺害されたと思われる三日前の夜、お前はどこで何をしていた？」

「すみません……質問の意図がわからないのですが」

「正確に言えば、三日前の二十二時から二十三時の間だ。いいから答えろ」

淡々とした口調で話す遠藤に、「二十二時？」と、赤井は空中を見上げた。「その時間は、ちょうど仮眠室にいました。それが何か？」

「それを証明するものはあるか？」

「はあ？」と、赤井は眉根を寄せた。これではまるで被疑者への質問のようだ。

「ちょっと待ってください。一体どういうつもりで、俺にそんなことを聞くんですか？」

思わず遠藤を睨み付けた。こんな馬鹿げた質問に答えているほど、時間に余裕がないのだ。

「これを見ろ」と、遠藤はデスクの引き出しを開けると、一冊のファイルを取り出しその場に広げた。

「例の被害者の衣類に付着していた髪の毛だが、鑑定の結果、誰のモノかが判明した。これがその結果だ」

遠藤が指で叩いた場所に目を向けると、赤井は息を呑んだ。信じられない名前が載っていたのだ。

【赤井真也、適合率九十九パーセント】

「質問の意図がわかったか？」

獲物を狩るような鋭い視線を浴びせられ、赤井は小さく首を振った。

「違う……俺じゃない。何かの間違いだ」

「何かの間違いだと俺も思ったさ。だがな、この毛髪は被害者の衣類の内側に入っていたものなのだよ。つまり、後からまぎれたものではないということだ。この結果を受けてどう思う？　残念ながら疑わざるをえない。そうだろう？」

遠藤の丸い顔が小刻みに揺れた。奥にいる高橋も顔を上げてその答えを待っている。

「何を言っているんですか。俺がそんなことをするわけないでしょう」

赤井は、拳でデスクを叩いた。だが、遠藤は厳しい表情を崩さない。

「勿論、俺だってそう思いたい。だがな、お前がこの事件に関わっていると考えれば、一つ辻褄が合うのだよ」

「辻褄？」

「お前がどうして事件の捜査に加わっているのか……だ」

「どうしてって、課長が指示したからじゃないんですか？」

「いや」と遠藤は首を振った。

「特別援護班を呼ぶ指示など俺は出していない。それどころか、確認したら誰もお前に声を掛けた奴はおらんそうだ。それなのに、どうしてお前が現場に来たのか……考えれば答えは出る」

呆然とする赤井に、遠藤は顔を突き出した。

「つまり、犯人は犯行後に現場を訪れる……ということだ」

「馬鹿なこと言わないでください」

そんなはずはない。確かに電話があったのだ。三鷹市のマンションで事件が起こった為、至急現場に向かうように、と。通信指令室を名乗り、女性の声で——。

そこまで考えて、赤井はハッとなった。

あり得なくもない。自分は何者かによって意図的に呼ばれた可能性がある。こうなることを予測して、全てが仕組まれた罠だったとしたら……だとすれば、電話の主は……。

「課長っ、聞いてください。これは罠だ、犯人は別にいる。俺は犯人にはめられたんです」

いてもたってもいられず、赤井はその場を立ち上がると、入り口にいた高橋が駆け寄ってくる。そのまま取り押さえられるように両肩を抑え付けられた。

「馬鹿っ、放せ」

羽交い絞めに拘束してくる高橋を振り払おうと腕をまわした。だが、相手も訓練された刑事。上半身を上手く使い、なかなか逃してはくれない。

「大人しくしろっ、これ以上暴れると取り返しがつかなくなるぞ」

もはやその口調に先輩後輩の間柄などなかった。完全に被疑者扱いされていることに危機すら感じてくる。

「まあそう焦るな」と、揉み合う二人に遠藤が口を挟んだ。

「お前に掛けられた容疑だって、ちゃんと無実だってことがわかれば解けるんだ。その為に捜査を継続しているわけだからな。お前が持ってきた車椅子の件だって、俺たちがちゃんと確認してやる。だから、それまでお前は大人しく待っていろ」

「だったら、せめて家族と連絡を取らせて下さい」

「それはダメだ」と、遠藤はピシャリと言い放った。「今回の事件は複数犯の可能性が高いからな。少なくとも、今日一日は誰とも連絡をとるな。それが出来ないのならお前を本格的に容疑者として見ることになる」

ふざけるな……と、赤井は唇を噛んだ。そんな悠長に待っている時間はないのだ。だが、恐らく今この男には何を言っても取り入れてくれないだろう。家族に危険が迫っているかもしれない、と話したところで動いてくれるとも思えない。もし、これが本当に九条美咲の仕業だとしたら、一刻を争う事態になってくる。

「大丈夫、時間はたっぷりとあるんだ。ゆっくりと思い出して真実を教えてくれればそれでいい」

相変わらず真実が見えていない遠藤に、腹が立つのを通り越して殺意すら芽生えてくる。今、この瞬間にも九条美咲が動き出している可能性だって考えられた。だが、赤井にはこの場を出ることも連絡を取ることも許されない。

くそ、どうすればいいいんだ……。

何も出来ないもどかしさに赤井は奥歯を噛み締めた。このままだと本当に最悪の事態を招きかねない。頬の内側が切れ、口の中に鉄の味が広まっていく。もはや痛みを感じているほどの余裕はなかった。

アウトリーチ

十五

「あれ……もう帰るの？」

早苗が帰り支度をしていると、隣の席に座る女子が声を掛けてきた。

「うん、今から職安に行ってくる」

「そっか、大変だねぇ」

既に、推薦入学の切符を手に入れた彼女の顔には余裕があった。きっと、これから遊びに行くつもりなのだろう。それで、その相手を見つけるために声を掛けてきたのだ。

「頑張ってねぇ」と、社交辞令のように手を振る友人に、早苗は「ありがとう」と簡単に返して教科書を鞄にしまい込んだ。

早苗にとって、放課後はいつも憂鬱な時間だった。隣の彼女だけではない。既に進路が固まったクラスメイトは、教室の片隅に集まり、これからどこへ遊びに行こうか楽しそうに意見を出し合っている。カラオケの最新機種がどうだとか、どこのパンケーキが美味しいだとか、そんな話題が飛び交う中、一人で静かに教室を出ていく寂しさはきっと彼女たちにはわからないだろう。

勿論、自分のように進路が決まらない生徒はまだまだいる。ただ、仲の良い友人はみんな進学コースを選んでいるため、学校が終わり次第、輪を組んだように揃って塾に向かってしまう。だが、就職の道を選んだ早苗は一人で職業安定所へと相談に向かわなければならなかった。

自分で選んだ道なのだから後悔はしていない。ただ、社会人になることへの不安を、共有できる仲間がいないということが辛かった。放課後に寂しさを感じる理由はそこだ。

なかなか就職先が決まらないということも、その気持ちに拍車をかけた。ただでさえ氷河期などといわれた就職難の時代に加えて、早苗には目の病気というハンディキャップが付いてくる。そう簡単に見つからないことは十分わかってはいるのだが、かといって就職を途中で諦める訳にもいかなかった。

これまで病気のことで何度も挫折しそうになったことがある。どうして自分だけが病気と闘わなければならないのか……。どうせ失明する運命ならば、最初から目など見えなければ良かった……。私は、何のために生まれてきたのだ……と。

そんなマイナスの考えが頭を支配する度に、両親の背中が元気付けてくれた。友人に病気の話をすると、哀れみの目を向けられることがある。心配してくれてのことだということはわかってはいるが、その哀れみの目は時にナイフのように鋭く胸に突き刺さった。同じ人間なのに、どうしてそんな目で見られなければならないのか。それだけで差別を受けているように感じることがあるのだ。

ひねくれた考えかもしれないが、両親だけはその気持ちを察してくれている。障害など何一つない普通の子として、偏見なく育てようとしてくれているのは、子供ながらに気付いていた。

だからこそ、母親は大学進学を勧めてくる。だが、いつ失明するかわからない爆弾を抱えている以上、そんな悠長にただ時間を過ごすわけにはいかなかった。四年間でかかる学費や治療費は、確実に両親を苦しめる。

そう考えると、自分ばかり普通に楽しく学生生活を送ることなど出来ない。普通の子として見てくれている両親に、普通に働いて稼ぐ姿を見せる……それが、今の自分に出来るせめてもの親孝行だと思った。

両親の関係が上手くいっていないことはわかっている。今、二人の切れそうな糸を繋いでいるのは、幸か不幸か病気のことがあるからだ。勿論、そんなこと言ってはこないが、自分の為に無理をしてくれているのは確かだった。

そんな両親の背中があるかぎり甘えてばかりはいられない。就職の道を選んだことで、今後の人生がどう転ぶかはわからないが、少しでも自分という重荷を抱えた両親の呪縛を弛めてあげたかった。

つい反抗的な態度をとってしまいがちだが、心の内側ではそう思っていた。

「それじゃ、また明日ね」

「うん、またねぇ」

友人と挨拶を交わし、早苗は足早に教室を出ると、学校前のバス停に向かった。そこから三十分ほどかけて、行きつけの職業安定所に到着する。見慣れたポスターを横目にその扉を開いた。比較的空いている時間を狙ったつもりだったのだが、既に窓口の席は埋まっている。整理券を機械から引き抜き長椅子に腰掛けた。

入れ代わり立ち代わり、窓口に座る人々の顔つきはまちまちだ。真剣に悩みを抱えて顔をしかめる人もいれば、失業保険目当てに形だけの相談を受ける人もいる。その人の表情を見れば、話を聞いていなくてもなんとなく状況が予想できた。形だけの相談ならば、他所に行って欲しいな……と、早苗は毎度のようにため息をついた。

待つこと三十分。ようやく順番が回ってきた。早苗は、目の前の窓口に身体を移すと「宜しくお願いします」と頭を下げた。

「あら、早苗ちゃん」と、受付窓口の女性が声を上げる。いつも親身になって聞いてくれる村山という女性だ。事情をある程度知ってくれている担当者にあたり、早苗も少しだけ気が楽になった。

「ちょっと待ってね、今データを起こすから」

村山は、慣れた手つきで手元にあるキーボードを叩くと、「はいっ、おまたせ」と背を正した。

「どうでしたか？」早苗は早速、前のめりに構えると前回来た時に出していた要望の結果を尋ねた。

「うーん。やっぱり、希望通りっていうのは難しいかなぁ」

「そう……ですか」

「少し条件を妥協できれば範囲は広がるんだけどねぇ」と、村山は手元のマウスを左右に振る。目線はパソコン画面に向いていた。

「例えば、短期契約ならばいくつか掛けあえるんだけど、それじゃダメなのよねぇ？」

「出来ればそれは……」と、早苗は目を伏せた。

「収入は少なくてもいいんです。ただ、同じところで長く勤めていたいんです」

「それはわかるんだけどね」と、村山は指先で眉の下をかく。

難しいのは承知の上だ。それでも短期契約は嫌だった。何かあったら真っ先にクビを切られるのが目に見えている。とはいえ、この条件が一番の難点だった。就職先が決まらずに何度も職業安定所に通っているのも、そうした自分が望む最低条件がクリアできずにいるからなのだ。

「そうなると、やっぱり一般的には難しくなるのよ」

「何か方法はありませんか？　出来れば来月中には見つけたいんです。わたし頑張りますから、お願いします」

必死に頭を下げると、村山は「そうねぇ」と口角を横に伸ばした。

「タイミングもあるし、時間を掛けて探さなきゃいけないとは思うんだけど……来月中じゃなきゃいけない理由が何かあるの？」

困り眉で顎を引く村山に、早苗は指先で頬を掻いた。

「大したことじゃないんですけど、その……来月、父親の誕生日なんです。いつも心配ばっかり掛けちゃってるんで、せめて内定を取って、ちょっとだけでも安心させたいな……って」

「あらぁ」と、村山の顔が一気に明るくなった。

「親孝行のプレゼントって訳ね？」

「何か特別に、お祝いするって訳でもないんです。ただ単に、これといったプレゼントが思い浮かばないだけですよ」

照れくさそうに早苗は前髪を弄ると、「良いじゃないの」と、村山が目尻を下げた。

「そういうのは気持ちが大事なんだから。そっか、じゃあ私も気合いを入れて探さなきゃ」

そう言って腕まくりをする村山に、つられて早苗も微笑んだ。高校生のわがままに、ここまで付き合ってくれる人も中々いない。相談相手がこの人で良かった、と改めて思った。

「でも、実際問題どうしたらいいかしらねぇ。せめて障害者雇用制度が適用されればいいんだけど、早苗ちゃんはまだ障害者という扱いにならないから難しいのよね……」

あっ、気を悪くしないでね。と、手を振る村山に早苗は首を振った。障害者という扱いを受けることにまだ少し抵抗を感じるが、将来的なことを考えるとそれは避けられない。

「診断書とかで、どうにかなりませんか？　いずれはそうなることですし」

「障害者手帳がないといけないような気もするんだけど、良ければ相談してみましょうか？　ちょうど今、その手に詳しい人が来てるから、直接聞いてみてもいいかも」

「お願いします」と、早苗は頭を下げた。不本意だけど、道が切り開かれるのならば割り切るしかない。

「それじゃ、これを持って奥の応接室に行ってくれるかしら」

そういって、村山に一冊のファイルを手渡された。中身は、早苗がこれまでに行った相談内容や個人情報が入ったものだ。

「以前に、ちょっとだけその人に早苗ちゃんの話をしたことがあるの。だから、詳しく説明しなくても多分わかってくれると思うわ」

「わかりました」と、席を立ち早苗は指定された応接室へと向かった。受付窓口の一番奥にある狭い廊下を進むと木目調のドアがある。プレートには【応接室】と書かれていた。中に入るのは初めてになる。ドアをノックすると、中から「どうぞ」と声がした。男性の声だ。「失礼します」と一言添えて中へと入った。

部屋の中には、背の低いテーブルを挟むように椅子が置かれ、スーツ姿の男性が一人待ち構えていた。長めの黒髪をすべて後ろに流し、少しだけ吊り上った目つきに一瞬ドキリとしたが、それよりも先に彼の足元に目がいった。彼が座っていたのは設置された椅子ではなく、電動式の車椅子だったのだ。

先天性によるものには見えない。恐らく、事故か病気が原因で後から車椅子を使うようになったのではないか……と、直感的にそう思った。傷一つない新品同様の革靴が、やけに光って見える。

「あ、あの……村山さんに言われて来ました、赤井早苗と言います」

早苗は、その男性に向かって会釈をすると、「どうぞお掛けください」と手を差し出され、向かい合うように腰をおろした。

「障害者支援団体アウトリーチの代表をしております、黒野と申します。どうぞ宜しくお願いします」

見た目に反した柔らかな口調に少しだけ安心すると、「宜しくお願いします」と、早苗も合わせて頭を下げた。

「お会いするのは初めてですね。今日は、どういったご用件でいらしたのですか？」

黒野の質問に、早苗は簡単に事情を話した。目の病気を抱えていること。それでいて安定した職業を望んでいることを正直に述べると、黒野は優しく目を細めた。

「少しだけ、そちらのファイルを見せて頂けますか？」

「あっ、はい」

言われた通りにファイルを手渡すと、黒野はページを静かにめくり始める。これまでに行ってきた相談履歴に目を通しながら、彼は「なるほど」と声を漏らした。

「網膜色素変性症ですか……大変なご病気ですね。今はまだ視力の方は大丈夫なのですか？」

「両目とも、今のところは……ただ、先生の話ではいつ病状が悪化するかはわからないそうです」

「いつ失明してもおかしくはないが、今のところ障害には至らないため、障害者雇用を受けられない……それで私のところに来たというわけですね」

「はい」と早苗は背を丸くした。

「診断書にその旨を記載してもらうことは出来ると思いますけど、それだけでは障害者雇用を受けられないのでしょうか？」

「幼少の頃に障害者手帳を発行していればそれも可能ですが、早苗さんのご両親は本人の気持ちを察してか、障害者手帳の発行をしていないようですので、現状のままでは難しいでしょうね」

「やっぱりそうなんですね」

今から障害者手帳を発行することも出来るはずだが、両親の意向にもなるべく答えたかった。なんとなく断られるのは予想していたが、改めて言われると気が重くなる。結局また振り出しか……と、早苗は顔を伏せた。

「まあ、だからといってあきらめる必要はありませんよ」

「えっ？」と、顔を上げる早苗に、黒野は口角を持ちあげた。

「障害者雇用制度が適用されなくても、場合によってはそれ相応の待遇を受けることもできます」

「本当ですか？」

「ええ。そもそも私は、早苗さんのように障害者雇用制度の適用が受けられない、将来的な予備軍を含めた方々へ、総合的なサポートをするために支援団体を設立したのですからね。もし、当アウトリーチへ加入していただければ就職先の特別枠に推薦することも可能です」

機械的な説明をする黒野に、早苗は少しだけ不安になった。要するに、黒野の支援団体に加入することが、サポートを受ける条件ということになる。逆に言えば、加入しなければ何も得ることはないと言われているようなものだ。

「でも、それって入会金とかが必要なんですよね？」

「いいえ、入会金や年会費などは一切必要ありません。ただし、その代わりに契約書を一枚書いていただくことになります」

「契約書？」

首をひねる早苗の前に、黒野は一枚の紙を差し出した。

「アウトリーチから支援を受ける代わりに、皆さんにはドナー登録を行っていただくことになっています」

ドナー登録か……と、早苗は渡された契約書に目線を落とした。そこには、加入者の身に万が一何かあった際、自身の臓器を他人へ提供することへの同意文が書かれていた。

「アウトリーチとは、手を差し伸べるという意味合いになります。ですので、加入者全員がお互い手を差し伸べ、助け合うことを念頭に置いていただきたいのです」

「ドナー登録を行うだけで、支援を受けられるということなんですか？」

「そうです。まあ、団体自体がボランティア活動のようなものですからね。幸いなことに、早苗さんは誕生日を迎えて十八歳になりますので、ドナー登録をすることができます。勿論、実際の適用は二十歳を越えてからになりますし、それまでは単なる臓器提供の意思表示だと思っていただければ結構です」

　そう言って黒野は両手の指を組むと、対面に座る早苗は閉口した。確かに、手続きとしては簡単なものになる。ただ、両親になんの相談も無しにドナー登録をするのも気が引ける。悪いことではないとは思うが、なんとなく抵抗があった。

「戸惑うのは当然です。ですが、人助けをしながら自分も支援を受け、それでいて理想的な職に就ける……そう考えれば、何も悪いことはないと思いますよ」

「そうなんですけど」と、俯く早苗に黒野はため息をついた。

「貴女はまだ幸せな方です。何せ人生の選択が出来ますからね」

「人生の選択？」

「そうです。世の中もっと辛い境遇に立たされている者も多くいます。就職活動すらしたくてもできず、社会人としてのスタートラインに立てない者もいる。現に、私の娘がそうです」

「娘さん？」と、早苗は目を丸くした。「娘さんも何か病気されてるんですか?」

「重度の糖尿病にかかり、まともにベッドから動くこともできません。ちょうど貴女と同じ十八歳になります。彼女も病気さえなければ、今頃は貴女のように就職活動をしていたのかもしれませんね」

どこか遠くを眺めるような黒野の目に、早苗は息を呑んだ。確かに自分はまだ、選択肢があるだけましなのかもしれない。やりたくても出来ない辛さはわかっているつもりだ。

「無理に勧誘するつもりはありませんが、どうしても早苗さんを見ていると自分の娘とダブって見えてしまうのです。だからこそ、貴女の後押しができれば……と、余計に思ってしまうのですよ」

黒野は、伏せていた目線を再び早苗に向けた。

「そちらにサインしていただくだけで、アウトリーチへの加入手続きは完了します。加入後は、一時的なものではなく生涯サポートさせていただきます。このままご自身の力で就職活動を地道に行うのか、それとも支援団体に加入し可能性を広げるのか……どちらを選択するかは自由です……」

ただ……と、黒野は前のめりに構えた。

「私は、未来へ感じる不安を貴女から取り除いて差し上げたいのですよ。出来れば、そう……永遠に」

真っ直ぐに向けられた黒野の視線に、早苗は手元の契約書を改めて眺めた。黒野の話を聞く前と、聞いた後では契約書が全く別なモノのように見えてくる。まるでこの契約書が自分の人生を変えるかのような、そんな後光すら差して見えた。

早苗は、テーブルに置かれたサインペンに目線を移した。就職先が見つかり、一緒に喜んでくれる両親の姿が頭に思い浮かんでくる。

もし、人生に分岐点というものが本当にあるとすれば、今がそうなのかもしれない……そう思った。

十六

あれから、どれくらいの時間が過ぎただろうか。こんなにも時間の感覚がわからなくなったのは初めてのことだ。取調室に閉じ込められる被疑者の気持ちが、今ならよくわかる。濡れ衣を着せられた被疑者の気持ちが……。

赤井は、向かいに座る高橋の手元に目線を向けた。事情聴取の相手が何か発言しない限り、使うことのないペンを暇そうに指先で回している。

「アンタがやったのか?」という質問に対して、「愚問だ」と答えるやり取りが既に何回もされていた。高橋も、手の内をよく知る刑事相手の取り調べはさすがにやりにくいらしい。もうかれこれ十分以上、お互い黙ったままだった。

　赤井は、どうしたらこの状況を脱することができるのか、それだけをずっと考えていた。自分の毛髪をどこで入手したのかはわからないが、時中愛美の遺体に付着していたのは明らかに犯人の仕業だ。しかし、それを証明する術がない。証明できなければ、こいつらが離してくれないことはわかっている。

「高橋……」赤井が呼びかけると、彼は「なんですか？」と面倒臭そうに返事をした。どうせ白状しないだろうと踏んでの反応だ。

「トイレに行かせてくれ。ダメってことはないだろ？」

「いいですけど、俺も中に行きますからね」

「わかってるよ。それに、お前だってそろそろ用を足したいんじゃないか？　なかなか交代が来ないもんな」

　先ほどから身体を揺さぶり、高橋に落ち着きがないのには気付いていた。そして、恐らく交代が来ないこともわかっていた。

　警察内部の犯行の可能性があるとすれば、情報の漏洩を防ぐ為にその者への事情聴取は限られた人数で行うはずだ。きっと、今回の件に関しては高橋が一任されたに違いなかった。

　赤井は鼻で笑って席を立つと高橋もその場を立った。そのまま廊下へと出ていき、端にあるトイレへと歩いて行く。繋がれるものは特にない。背後に高橋の気配を感じながら中へと入った。

小便器の前に立つと、予想通り高橋もすぐ脇の便器に身を寄せた。隣で放尿する音が聞こえてくる。

彼も、命令された通りに事情聴取こそしているが、内心では的外れの聴取だと思っているのかも知れない。犯人ではないのだから、逃げ出すこともないだろうとたかをくくる。だからこそ、こうした油断が生まれるのだ。勿論、犯人ではないのだが、このチャンスを活かさない手はなかった。

「悪いな、時間がないんだ」

赤井は、すかさず便器を離れた。

「えっ？」と、目を丸くする高橋の膝元に蹴りを放つと、彼は無様な格好でその場に横転する。その瞬間、赤井は勢いよくトイレを飛び出した。

「待てっ、こら。誰か……誰かっ」

背後で叫ぶ高橋を無視し、廊下の端にある非常階段のドアを開けると、一気に下まで駆け降りた。彼には申し訳ないが、こうするしかなかった。

警察署の建物の側面を走り抜け正面玄関のほうへと走っていく。出口はここしかない。万が一、被疑者に逃走されても迎え撃てるように敷地内がそうなっているのだ。

問題は、この正面入り口を抜けられるか……だった。横目で、署内の様子をうかがうと、二人の警察官が走ってくるのがガラス越しに見えた。二人とも目線は赤井に向けられている。

いつもならばもっと対応が遅いはずなのに、どうして今回に限ってこうも早いのか。タイミングの悪さに舌を打った。

かろうじて自分のほうが先に街路へと出られそうだが、追ってくる警察官との距離は約二十メートル。コンクリートの地面を蹴る足音が耳に入る近さに迫っていた。年齢的には相手のほうが若い。持久走になったら敵いっこなかった。

「待てっ、止まれっ」

背後で叫ぶ声に、もはや振り返る余裕はない。赤井は必死に足を動かした。ここで捕まれば更に拘束が厳しくなる。段々と痛くなってくる脇腹を押さえながら、「くそっ……」と、言葉を吐き捨てた時だった。

目の前の道路に白い乗用車が止まり、助手席の窓が開いた。

「赤井さんっ、乗ってください」

運転席から叫んだのは椎名だった。

「お前……どうして？」

「いいから早く」と、椎名に手招きされ、赤井は言われるがままに助手席へと乗り込んだ。ドアを閉めたと同時に、勢いよくアクセルを踏み込む椎名。背後を振り返ると、追ってきた二人の警官が呆然と立ち尽くし、無線に手を伸ばしているのが見えた。

「危なかったですね」

額の汗を腕で拭うようにして椎名がホッと息をついた。

「赤井さんが拘束されたって聞いたもんですから、慌てて戻ってきたらなんだか走って逃げてるんですもん」

「ですもん……じゃないだろ。お前、自分がしたことわかってんのか？　これ逃走の手助けだぞ？」

助けられたのは確かだが、まるでゲームを楽しんでいるかのような椎名に呆れてくる。つい、厳しい口調で返したのだが、彼女は「大丈夫ですよ」と明るく返事をした。

「聴取だって本当は任意扱いだったでしょうし、それに赤井さんは犯人じゃないんですよね？」

「当たり前だろ」

「じゃあ大丈夫ですよ。真犯人を捕まえれば問題ありません」

「そりゃそうだけど」と、赤井は眉根を寄せた。勿論、犯人を捕まえることができれば解決することだ。しかし、もし犯人にたどり着けなかったら自分だけではなく、彼女にも被害が出てしまう。下手をすれば、椎名に共犯の疑いがかけられてもおかしくない。

赤井は、まっすぐに前を見てハンドルを操作する椎名の横顔をじっと眺めた。ああして笑ってはいるが、そんなリスクがあることは彼女もわかっているはずなのだ。

「なぁ、どうしてお前はそこまで俺をサポートしてくれるんだ？」

突然の質問に、椎名はハンドルを握りながら「えっ？」と声を上げた。

「これ以上、俺に構うとお前まで処罰を受けることになるぞ。下手な同情心でやっているんならやめておいたほうがいい」

「違いますっ。同情なんかじゃありません」

「じゃあ何だっていうんだ？」

覗き込むように顔を向けると、彼女は一瞬横目を向けて唇を軽く噛んだ。

「今から約三年前、赤井さんから受けた新人研修が終わった頃に、私が病気で入院したこと覚えてますか？」

「あぁ、確か扁桃腺の手術をしたんだったな」

「あの時、退院してきた私に待っていたのは、周囲からの罵声と冷ややかな目でした。ただの扁桃腺の手術にしては入院が長すぎる……。ずる休みをしていたんじゃないか……。新人の癖に有休なんかとりやがって……。陰で色んなことを言われ、同期からも距離を置かれるようになり、孤立した日々を過ごしていました」

「……お前が？」

「まぁ、要するにはじかれちゃったんですよ、わたし」

悲しげにそう話す椎名に、赤井は掛ける言葉を失った。彼女がそんな経験をしていたとは思ってもいなかった。常に明るくしようと振り撒いていた笑顔の裏には、そんな過去があったのかと驚いた。

だからか……と、赤井は納得するように小さく息を吐いた。椎名と接していても平気だったのは、彼女の中にどこか自分と同じ匂いを感じていたのかもしれない。彼女もまた、過去の暗い記憶を抱えて生きていたのだ。

「でも、そんなとき赤井さんの一言に救われたんです」

「俺が？　何か言ったか？」

　自分の顔を指差すと、椎名がクスリと微笑んだ。

「お帰り、また一緒に頑張ろうな……と。赤井さんは覚えてないかも知れませんが、私は何気ないその一言が嬉しかったんです。見捨てる人もいれば、手を差し伸べてくれる人がいるんだ……だったら頑張ろうって、そう思えたんです。実際、考えを改めて前向きに仕事をしていたら、気がつくと周囲から冷ややかな目を向けられることも無くなりました。ですから、今の私があるのは赤井さんのお陰なんです」

　それは違う……。赤井は咄嗟に目を伏せた。確かにそんな言葉を掛けたのは何となく覚えている。だが、それは椎名を気遣っての事ではない。正直、あの時は適当にそれらしい事を言っただけだった。頭の中は、自分が起こしてしまった冤罪事件の事で一杯だったのだ。

　椎名が冷ややかな目を向けられなくなったのも、恐らく彼女が前向きに仕事をしていたからではない。丁度そのタイミングで、椎名が可愛く思えるほどの失態を自分がした為、攻撃の矛先が全て移っただけだ。

　結果として椎名を救った事になるのかもしれないが、真実は彼女が思っているような気持ちのいいものではない。何とも言えない複雑な心境だった。

「だから、私は言われた通りに赤井さんと一緒に頑張ろうと思っただけです。同情なんかじゃないんですから」

そう言って、わざとらしく頬を脹らませる椎名に、赤井は「そうか」と頷いた。

「悪かったな、変な質問をして」

「いえ」と、笑顔で手を振る彼女に真実を語る勇気は出なかった。

「ここでおろしてくれ。これ以上一緒にいると逆に見つかりやすい。この車だって追跡されるだろうからな」

大通りを抜けた交差点の端を指差すと、椎名は車を路肩へと寄せた。

「大丈夫ですか？　赤井さんも今は下手に動くとまずいですよ。私が代わりに動きますから。今からリストに書かれている人物に聞き込みに行ってきます。なので、赤井さんはどこかで待機していてください」

「いや、それはもういい。それよりも、椎名には別のことを頼みたい。今から俺の自宅に行って妻と娘を保護して欲しいんだ」

「赤井さんの自宅って……一体、何があったんです？」

「悪いが後で話す。とにかくすぐに向かってくれ。それと、二人に何かあったらすぐに連絡して欲しい」

「……わかりました」

納得していない様子だったが、今は彼女に説明している余裕も無い。その場で手帳に住所を書き記すと、ページをちぎって椎名に手渡した。

「頼んだぞ」

運転席に座る椎名に片手をあげると、赤井は駆け足でその場を離れた。

これ以上、厄介ごとに彼女を巻き込みたくはないが、残念ながら頼れる仲間は椎名しかいない。性格上、他人に借りを作ることも嫌いなのだが、彼女だけはきちんと返してやりたいと思った。自分が出来ることは限られているかもしれないが、無理をしてでも返す必要がある。今の自分にとってそれほど大きな恩だった。

その為にも、この事件をなんとしてでも解決しなければならない。赤井は建物の間に身を隠し、すかさず携帯電話を操作し妻の涼子にかけなおした。今のところ折り返しの着信履歴もない。鳴り響くコール音に「頼む、出てくれ」と念じていると、画面が通話中に切り替わる。通話口から「もしもし」と声がし、赤井は息を吸い込んだ。

「涼子かっ？」

「ごめんなさい。買い物をしていて気が付かなかったわ。ちょっと今忙しいから例の件についてだったら、日を改めたいんだけど」

「いや、その話をするためにかけたんじゃないんだ」

「あら……そう」

拍子抜けしたような妻の声に、赤井はホッと胸をなでおろした。この様子だと、どうやら異変はないようだ

「早苗はどうしてる？」

「隣にいるけど、代わろうか？」

「いや、一緒にいるのがわかればそれでいい。それよりも、今すぐ早苗を連れて家に帰ってくれ。そっちに同僚を寄こすから、それまでは誰か来ても絶対に出るな。いいか、絶対に……だ」

「急にどうしたのよ、何かあったの？」

「説明している時間が無い。後で話すから、とにかく今は言うとおりにしてくれ。お願いだ」

赤井の口調に何かを察したのか、通話口から息を吸い込む音がした。買い物袋を持ち直す音も聞こえ、涼子は短く「わかったわ」と返事をした。

「すまない。落ち着いたらまた連絡するから」

下手に詳しい話をして不安をあたえるよりも、今は端的に要件を伝えるだけでいい。これで電話を切ろうとした時だった。

「あなたっ」ふいに涼子が声をあげた。

「どうでもいいけど、余り無茶はしないでよね」

「……わかってる」

それじゃ、と告げて赤井は通話を切った。途端に安堵の息が漏れた。

家族の無事は確認できた。後は自分の行動だけだ。これ以上、過去から逃げ回ることは出来ない。これは自分自身のためでもある。ずっと引きずってきた過去に決着をつけるためにも、五年前の冤罪事件が生んだ今回の一連の件は、他の誰でもなく自分の手で終止符を打たなければならない。それが、前に進むための唯一の方法なのだ。

赤井は、ふと空を見上げた。そびえ立つビル群の上には、ぶ厚い灰色の雲が覆っている。その隙間から、一筋の太陽の光がスポットライトのように伸びていた。

「あなた……か」

久しぶりに、涼子から一人の夫として呼ばれた気がする。

この事件にカタをつけたら、今度こそゆっくりと時間をとって話し合わなければならないな。今後の在り方を……家族の未来を――。

明るい未来を指し示す、道しるべのような太陽の光なのか。それとも太陽を覆い隠す暗雲といえるのか。

どちらにも捉えられる空を睨むと、赤井は意を決して施設アウトリーチを目指した。

黒の派遣

十七

オレンジ色の屋根に一匹のカラスが留まっていた。芝の敷かれた庭園には色とりどりの花が咲き、それらを黙って見下ろしている。たった一匹のカラスがいるだけなのだが、それだけでのどかな風景がどこかおぞましく見えた。

情報通り、施設アウトリーチは閉められていた。建物は綺麗に維持されているが、多くの者が住んでいる気配はない。正面には母屋らしき建物がある。それを中心に、横に向かって平屋が列なっていた。

赤井は、一番端にある建物に移動し身を寄せた。外壁に耳を当てて中の様子を窺うが、ここからも人の気配は感じられない。そのままそっとドアノブに手を掛けると、ガチャリと小さな音がした。不思議と鍵は掛かっていなかった。まるで迎え入れられているかのような不気味さを感じながらも、息を殺して中へと足を踏み入れた。

部屋の中はほとんど暗闇に近い。窓が一つもないため外の光は遮断され、周囲の様子を捉えることができなかった。だが、中へと入ってすぐに異変に気が付いた。この部屋から微かに血の臭いを感じるのだ。

物音を立てないようにして、身を屈みながらゆっくりと壁伝いに奥へと進む。今のところ、家具などの障害物は一切見当たらない。だだっ広い空間がそこにあるだけのようにも思えた。

手探りで足を擦るように慎重に歩いていくと、やがて暗闇に目が慣れ始めた。部屋全体の輪郭がぼんやりと浮かび上がってくる。すると、目の前に螺旋階段があることに気が付いた。その螺旋階段をたどるように目線を上方に向けた時だ。

なんだここは……。

視界に入ったその光景に赤井は息を呑んだ。吹き抜けのように高い天井の一角から、先が輪になった一本の太いロープが垂れ下がっていたのだ。この部屋は大きめのロフトが付いており、上下に二分されたようになっている。それはまるで処刑場のようだった。

太いロープに血の臭い……中野太一の殺害現場は恐らくここだ。あのロープで首を吊らせて殺害したのだろう。絞首刑に処されたように。

鑑識にかければ証拠となる血液反応が出るはずだ。こんな場所が建物の一室にあるということは、ひょっとしたら時中愛美が殺された場所もこの施設のどこかにあるのかもしれない。目の前に広がる証拠たちに警戒を強めながら、赤井は身を引くように外に出た。

どうやら組織ぐるみで人が待機しているわけではないようだ。ある程度予測はついていていたが、証拠となる現場に誰もいないことから、大人数での犯行の可能性は消える。

自然光の明かりと新鮮な空気に触れ、一旦、気持ちを落ち着かせると赤井は左手の腕時計に目を向けた。そろそろ椎名が家に到着する頃だ。大丈夫だろうかと心配していると、丁度のタイミングで右ポケットが振動した。急いで携帯を取り出しメールを開く。椎名からだった。

【先ほど二人と合流し、無事に早苗さんを保護しました】

その文面に一先ず安堵の息を漏らした。どうやら向こうは大丈夫のようだ。胸を撫で下ろしながら携帯をしまうと、正面にある本館らしき建物に目線を向けた。

問題はコッチだ。単独で突入することにリスクがあるのはわかっている。それでもここまで来たらやるしかない。

ゆっくりと本命の建物に移動すると、扉に、「黒野派遣事務所」と書かれた小さな看板が掲げられているのが目についた。施設を閉じたあと、派遣事務所を構えたことは情報にはない。

くろのはけん……か、と赤井は目を細めた。椎名が見つけた例のサイトが頭を過る。神の報酬だの、悪魔の報酬だのと書かれたあのサイトのタイトルは、ここから取ってつけられたものなのかも知れない。看板を睨むようにして静かに扉を押し開いた。

バリアフリーになった室内。白を基調とした廊下は不気味なくらいに清潔感が漂っている。受付らしきカウンターを抜け、奥の扉へと真っ直ぐに近づいた。音こそ何も聞こえはしないが、この奥には誰かがいる……刑事の勘がそう告げていた。

額から流れ落ちた一筋の汗が頬をつたう。懐に忍ばせた拳銃に手を掛けると、赤井は小さく息を吸い込んだ。心の中で数字を三つ数え、それと同時に扉を勢いよく開いた。

「動くなっ」

拳銃を前に突き出すと、中には一人の男が車椅子に乗り背を向けていた。防犯カメラの映像で見た車椅子が目の前にある。だが、赤井が部屋に入ったにも拘わらず、その男は振り返ろうともしなかった。

「そのまま両手を上げて、ゆっくりと振り向け」

彼はその声に首だけを動かすと、その横顔が見えた。やや吊り上った目は鋭く、反して口角を上げた表情には、追い込まれる犯人の焦りは全く無かった。

「申し訳ありませんが、手を使わないと振り返ることが出来ません。そんなに警戒せずとも、武器などは持っていませんよ」

やたらと丁寧な口調に赤井は眉をひそめると、男はゆっくりと車椅子を反転させた。

「黒野……だな？」

「そうです。そして、貴方の想像通り一連の事件を引き起こした者ですよ。赤井刑事」

キツネ目を細めて名前を呼ぶ黒野にゾクリと背中が疼いた。自分の名前をわかっていることもそうだが、素直に自白する黒野の表情が実に穏やかなものだったのだ。

「やけにあっさりと犯行を認めるんだな。もう逃げられないと観念したのか？」

「逃げる？　逆ですよ。私は、ここで貴方が来るのを待っていたのです。最後に貴方には真実を知って欲しかったのでね」

「真実？」

「そう……貴方がずっと知りたがっていた、この事件の真実ですよ」

ニヤリと笑う黒野に反して赤井は眉間を寄せた。何を企んでいるのか知らないが、心理戦を持ちかけているのであれば、相手のペースに合わせる訳にはいかない。

「真実を教えてくれるのは有難いが。とりあえず一緒に署まで来て貰う。いいか、妙な考えを起こすなよ。少しでも不審な動きをしたら撃つことになる」

「撃つ？　武器も持たない車椅子の私を……ですか？」

「撃たないとでも思っているんならそれは大きな間違いだ。普通の刑事ならしないだろうが、あいにく俺は普通じゃないんでな。誤って手元が狂うかも知れないぜ」

そう言って、わざとらしくカチャカチャと銃先を上下に揺すってみせた。勿論、ただの脅しに過ぎないが、どこか見透かしたような黒野の態度が気にくわなかった。

「それに、ある程度の事はもうわかっている。未成年犯罪者を無差別に狙った犯行……お前たちの動機は、過去の冤罪事件にあるんだろ？」

全て知っているかのように先手を打ってそう告げた。だが、相変わらず黒野の表情は凍ったように動かない。おぼろげに宙の一点をじっと見据えていた。

「なるほど、どうやら自分の犯した過去の罪と向き合い、理解を得てここにたどり着いたようですね」

「まぁな」

重石を背中に乗せてくるような黒野の一言にも、赤井は負けじと歯を見せた。後ろめたさを見せたら、それこそ相手の思うつぼだ。

「それにしても、随分と酷い殺し方をしたもんだな。あれはお前の性癖か？」

「さて……どれのことでしょうか？」

首を傾げる黒野に、赤井は自分の腹部を指差した。

「最初の被害者、中野太一を殺害したあと遺体から内臓を抜き取っただろ。過去の冤罪事件にそんな事例はない。何の恨みも持たない相手に対して、意味もなく遺体を切り刻んだのなら、とんだ悪趣味な奴だと思ってな」

感情を引き出そうと、あえて挑発的な言葉をかけたのだが、黒野は「あぁ……その事ですか」と、静かに頷いた。

「あいにく、その様な趣味は持ち合わせておりませんよ」

「だったら、何の為に遺体から内臓を取り出した？」

赤井は、声のトーンを落として黒野を睨み付けた。これ以上、皮肉めいた無駄な会話をするつもりはない。九条美咲がこの場にいない以上、この男の逮捕に時間を掛けてもいられない。さっさと真相を聞き出して共犯者を追う必要がある。

「真実を教えてくれるんだろ？　だったら答えて貰おうか」

追い討ちをかけるように問うと、黒野は再び口角を持ち上げた。

「ビジネスですよ」

「ビジネス？」

「えぇ、臓器は貴重な資金源になりますからね。表の看板をご覧いただいたかと思いますが、この派遣事務所を営むのにも色々と資金が必要なのですよ。折角の資金材料をただ単に処分したら勿体ないではありませんか」

「臓器売買かよ。そりゃまた捜査二課の連中が喜びそうな案件だな」

驚きこそはなかったが、赤井は半信半疑ながらも口元を歪ませると、黒野は小さく頭を振り、「勿論……」と続けた。

「私利私欲の為だけに行っていた訳ではありません。ご存知かと思いますが、世の中には順番を待てない臓器提供依頼者が数多くいます。急な手術を要するにも関わらず、ドナーが現れずに頭を抱える者たちがいるのですよ。そんな方たちに、私たちは臓器提供という形で手を差しのべていたのです」

「人助けだったとでも言いたいのか？」

「人の命はお金で買えません。ですが、お金を費やせば優先的な臓器提供の待遇は受ける事が出来ます。例え高額でも、家族を救えるのであれば……そう考える者は少なくありません。そうした者たちを考えれば、人助けになっているとは思いませんか？」

悠然と語る黒野に赤井は呆気に取られた。この男は、自分のしてきたことは悪ではない……むしろ、正義だったとすら思っているのだろうか。しかも、今の発言から推測する限り、中野太一殺害が初めての犯行だったようには思えない。まるで、これまでに多くの人を殺してきたと自白を受けているかのようだった。

「そんなのは人助けでも何でもない。自分の家族を救う為とはいえ、代わりに誰かが死ぬということを知ったらその人はどう思う？　犯罪から生まれた臓器を裏のルートから手に入れて、心の底から喜ぶ人なんている訳ねぇだろ」

「そうでしょうか？」黒野は肩をすくめて手のひらを上に向けた。

「勿論、臓器提供を受ける者へ入手ルートを話すような真似はしませんが、もし知ったとしても断ることはないと思います。少なからず私だったら受け入れます。病気の家族を救うのに臓器移植が必要ならば、何としてでも手に入れたいと思いますから。それが例え、誰かが犠牲になるとしても……ね」

途端に黒野から笑みが消えた。持ち上げていた口角が下がり、鋭く向ける目付きには怒りの色が見える。何がスイッチだったのかはわからないが、初めて見せた感情らしい感情だった。

「それに、貴方も同じような状況に立たされたら、きっと私と同じ考えを持つはずです。家族の病気が治る希望を目の前に差し出されて、今と同じことが言えますか？」

一瞬、早苗のことが頭を過った。もし、早苗の目が治るとしたら、自分はその時どう思うか……不覚にも、黒野の話に耳を傾けてしまったことに気付き、赤井は咄嗟に首を振った。

「一緒にするな。例え家族を救うためでも、罪のない人の命を奪えるかよ」

「罪のない人？　それは違います。私たちが裁いていたのは、元未成年犯罪者の中でも限られた者だけ……偽りの更生者だけです」

黒野は「いいですか？」と、人差し指を立てた。

「彼らは未成年であるが故に、重度の罪を犯しても少年法により更生を考慮され、比較的軽い刑罰を受けて表社会に戻ってくる。ですが、良く考えても見てください。若さ故の過ちだったとはいえ、人は本当に数年で更生されるのでしょうか？」

「未成年だからこそ未来がある。更生のチャンスを与えるべきだからこそ、少年法というものがあるんだろうが」

「では、この現実を貴方はどう思いますか？」

黒野は片手を上げると手のひらを広げてみせた。

「約五十パーセント……半数近くの元未成年犯罪者が、再び犯罪を起こすという統計上の事実があります。細かく見ればその数字はもっと高くなるでしょう。つまり、未成年犯罪者のほとんどが、形だけの更生を見せて表社会に戻ってくるということです。そんな偽りの更生者を素直に受け入れられる被害者や遺族が、果たしていると思いますか？」

黒野は、キツネ目を細めて赤井を見上げた。

「法律上の解決とはいえ、本来ならばそんな者に未来など見せてはならないのですよ。ですから私が代表して、彼らに本当に更生の意志があるのかを確認し、更生の意志がない者には然《しか》るべき罰を与えていたのです。そこに、罪のない者など一人もおりません」

「ふざけるな……」赤井は銃を握る手に力を込めた。

「正当な刑を受けない者を、お前が法に代わって裁いていたとでも言いたいのか？　けっ、馬鹿馬鹿しい。神にでもなったつもりかよ。いいか？　お前がやっていることは殺人。紛れもなく重度の犯罪だ。相手が誰であろうとも、どんな理由があろうとも許される訳がないんだよ」

「それもわかっています」黒野は静かに頷いた。「ですから私も、罪を償わなければならないと思っています」

手のひらを返すような黒野の一言に赤井は顔をしかめた。自分を正当化するような発言をしたかと思いきや、素直に罪を認めて償う意志を伝えてくる。この男の考えている事がさっぱり理解出来なかった。

ただ、妙な違和感だけはあった。黒野の話がどこまで本当かはわからないが、どうもピンとこなかった。真実を話すという割には、どこか事件の本質とはかけ離れているように感じるのだ。

黒野はまだ何かを隠している……それも、重大な何かを。直感的にそう思った。

「大人しく刑務所に入って罪を償う意志を固めたっていうのか？」

「それは貴方に決めてもらいます。私を裁くのは、罪の無い家族を失った感情を持つ者でなければなりません。その為に貴方を待っていたのです」

「どういうことだ？」

赤井は眉をひそめて顎を引いた。黒野の話ぶりでは、まるで自分は家族を失った者であるかのような言い方だった。

「そこの引き出しを開けていただけますか？」

そう言って、黒野は赤井の横にある引き出しを指差した。

「中にもう一つの真実が入っています。裁きをくだす前に、是非ともそちらをご確認ください」

十八

赤井は、目線を黒野に向けたまま指定された引き出しに近づいた。何かの罠である可能性も考えられるが、開けた瞬間に爆発するような仕掛けがされているようには見えない。警戒しながらも、ゆっくりと手前に引くと中に一通の黒い封筒が入っていた。二人の被害者に添えられていた物と全く同じものだ。

「それは貴方の分です」

「まさか、俺を金で買収するつもりか？」

赤井が鼻で笑うと、黒野は「とんでもありません」と手を振った。

「中を見ていただければわかりますが、そこに入っているのはお金ではありません。もっとも、貴方にとってはお金よりも価値があるかも知れませんが」

赤井は、黒野を一瞥すると封筒を手に取った。少しの厚みを指先に感じる。何かの紙が入っていることは間違いなかった。

「ここにたどり着くまでに、美咲君は大きな代償を払ってきました。三年前、彼女は自ら整形手術を受け、それまでの人生すべてを捨て去りある人物と入れ替わった。一ヶ月という短い期間で警察の仕事を勉強し、彼女はその人物にふさわしい知識を身につけた。お陰で、警察の捜査の仕方も把握でき、途中で捕まることなく今日までこれました。その美咲君の努力の結果が、そこに入っています」

黒野が何の話をしているのか、赤井にはさっぱり理解できなかった。だが、封筒を開けて中身を見た瞬間、背筋が凍りついた。そこには、一通の診断書が入っていた。一般的な病院で貰うようなものだ。だが、目に付いたのはそこではない。診断書に書かれた名前……それは紛れもなく自分の娘、早苗の名前だったのだ。

「これは……なんだ」

「貴方の娘さんが、病院で血液検査をされたときのものです」

「そうじゃない。どうしてこんな物がここにある」

「早苗さんの血液を元に調べた結果、貴方の娘さんは適合率の低い貴重な臓器をお持ちであることが判明しました。まさに、私が関わりを持つ臓器提供依頼者が喉から手が出るほど欲しがっているドナーだったのですよ」

黒野の目が鈍く光った。

「今頃、早苗さんは美咲君の手によって私の施設へと運ばれている頃でしょう。恐らくこれが最後の臓器提供。赤井早苗の命をもって、私たちの……いえ、美咲君の復讐が完結します」

やはり復讐のターゲットを自分の家族に向けてきたか……と、赤井は息を呑んだ。だが、同時に手を打っていて良かった……とも思った。先ほど家族の無事は確認したばかり。今も椎名に保護されている。何かあれば彼女から連絡が入ることになっていた。何も連絡がないということは、今も尚、無事でいる証拠だ。

「娘には俺の仲間が警備に付いている。それが本当の目的だというのなら、残念ながらお前達の計画は失敗だ」

そう言って、赤井は口角を持ち上げた。まだ目的を果たしていないことを知った黒野は、歪んだ表情を浮かべるはず……そう思っていた。

だが、黒野は不敵な笑みを浮かべると、「くくっ」と声を漏らした。。

「何が可笑しい」

「まだ気が付きませんか？　貴方の仲間、椎名ゆかりは既にこの世におりません。美咲君と入れ替わった三年前からね」

返された言葉に、逆に赤井の顔が強張った。一瞬、告げられた言葉の意味さえわからなかった。

三年前から椎名ゆかりはいない？

だとすれば、いま娘の側にいる女は……。

「貴方には、この事件の真実に気付いてもらわなければならなかった。だからこそ美咲君は、椎名ゆかりとして貴方を最後までサポートし、冤罪事件を思い出させる必要があった。忘れ去ろうとしていた過去の事件の真実を思い出させ、貴方に遺族の気持ちを与えさせる……それこそが美咲君の復讐。あの二名の遺体は、彼女から貴方へのメッセージだったのですよ。再び自分の犯した罪と向きあわせ、ここへとたどり着くようにするためのね」

「嘘だ……嘘を吐くなっ」

そんなことあるはずがない……いや、あってはならないのだ。赤井は急いで携帯を取り出し画面を操作すると椎名にかけた。

鳴り響く呼び出し音のあとに、小さく「はい」と返事が聞こえてくる。相手は間違いなく椎名の声だった。

「俺だっ、いま何処にいる？」

「何処って、娘さんと一緒にいますよ。メールしたじゃないですか。早苗さんを無事に保護した……と」

そうだよな、と頷き再び黒野を睨み付けた。やはり、この男の言っていることはハッタりだ……そう思ったのだが、同時に妙な違和感を覚えた。彼女は今、確かにこう言ったのだ。「早苗を無事に保護した」と。

「家内は……涼子はどうしてる？　近くにいるのなら代わってくれないか」

「残念ながら、近くにはいません」

「いないって、何処に行ったんだ？」

少しの間が空き、彼女は答えた。

「……さぁ、そんなの知らないわよ」

ほろ暗い水の底から涌き出たような声だった。

「私たちが必要なのは貴方の娘だけ。他の人の事はどうでもいいわ」

「お前……何を言って……」

聞いたこともない彼女の口調に赤井は声を失った。そして瞬時に理解した。今、話している相手は仲間なんかではない。少なくとも、自分の知っている椎名ではなかった。

「間もなく、貴方の娘から臓器が摘出されるわ。手術が終われば私たちの目的は無事に達成する。残された脱け殻は……そうね、他の臓器移植を待つ人たちにでも回せば、少しは彼女も報われるんじゃないかしら」

「待てっ、待ってくれ。お前たちが復讐すべきターゲットは俺なんだろ？　だったら娘は関係ない……早苗には何の罪もないんだ。頼む、早苗には手を出さないでくれ」

通話口に向かって叫ぶと、彼女はフッと笑った。

「五年前、アパートの玄関で私は貴方に同じことを言ったわ。そのとき貴方は、その願いを聞いてくれたかしら？　父を解放してくれたかしら？」

「それは……」

彼女の問いに赤井は言葉を詰まらせた。確かに、自分が九条美咲の父親を追い詰めた事は、曲げようのない事実なのだ。

「この五年間、ずっとこの日を待っていた。何の罪もない家族を失う悲しみを……私と同じ苦しみを……貴方も味わうといいわ」

「おいっ、待て……」

ブツリと通話が切られ、赤井はその場に呆然と立ち尽くした。まるで夢を見ているようだった。全身の血の気が足元に落下する中、ひたすらに願った。どうか夢であってくれ、悪い夢なら覚めてくれ……と。

「これで信じてもらえましたか？」

現実に引き戻される黒野の声に、赤井は力なく携帯を床に落とした。黒野が目の前にいることすら忘れるくらい頭の中が真っ白になり、全ての音がシャットアウトされたかのような感覚に陥った。

孤立していた自分に唯一明るく接してくれ、共に捜査していた彼女の笑顔は偽りだったというのか……自分にとって、たった一人の理解者だと思っていた仲間の裏切りを信じることが出来ない。混乱する思考の中、ふと椎名の言葉が頭を過った。

〝借りた借りは必ず返す〟

　つまり、あのとき署内の喫煙室で彼女が言った信念は、恩義を返すためではなく自分への復讐に向けられたものだったのだ。この復讐の為に、彼女は長い年月を偽り続けて過ごしてきた。笑顔の裏側に、何十倍もの憎悪の念が込められていたことを考えると、途端に恐ろしくなってくる。

「そんな……ばかな」

　ぐにゃり、と視界が歪み身体の芯が小刻みに震え始めた。これまで散々悩まされた冤罪事件に、何度となく刑事を辞めようと思ったことか。それでも早苗がいたからこそこれまで頑張ってこれた。白い目を向けられ、後ろ指を差されようとも病気に苦しむ娘を考えれば、そんなのは苦痛のうちに入らない。

　例え娘に嫌われていようが構わなかった。彼女の将来を考えれば自分が味わう苦しみなどいくらでも耐えることができる……そう自分に言い聞かせ、再び家族三人で淀みない笑顔を浮かべることをずっと夢見ていたのだ。元気でさえいてくれれば、いつか叶うのではないか……と。

　そんなささやかな夢さえも、ガラガラと音を立てて崩れていく。

「そろそろ、お別れの時間です」

　黒野は、悲痛に歪んだ赤井の顔を見上げると、車椅子に付いているボタンを押した。壁に埋め込まれた大型の液晶テレビが音を立てる。薄暗い部屋に青白い映像が流れ始めた。

いくつもの丸いライトが細長い台を照らしている。それがどこかの手術室だということはすぐに気付いた。手術台の上には、腹部だけ肌が露になった一人の女性が横たわっていた。既に麻酔がされているのか、目を閉じたままピクリとも動かない。

「早苗っ」

見間違えようもない娘の姿に赤井は声を上げた。すぐさま身を寄せると、張り付くように液晶テレビに手を掛けた。同時に、画面左奥から青色の手術着を纏った椎名がゆっくりと台に近付いてくる。横たわる早苗の前で足を止めると、右手を静かに持ち上げた。その手に持たれたメスが鈍い光を放つ。

「やめろ……」

赤井は、ワナワナと顔を小刻みに揺らすと両手で液晶画面を叩きつけた。見られているのがわかっているのか、椎名は画面越しに目線を向けて微笑んでくる。冷徹な笑みを浮かべたまま、メスの刃先を早苗の脇腹にそっとあてた。

「待て……やめ……」

混乱の先にある恐怖が、一気に押し寄せ全身の震えが止まらない。自分は今、何を見せられているのだ。そして、何故ここにいるのだ。黙って見てないで、早く助けに行かなければ……。いや、何処に行けばいい？　どうしたら早苗を助けられる？

答えの出ない思考がぐるぐると駆け巡る中、メスが握られた椎名の手が縦に動いた。早苗の腹部に赤い線が入り、そこから鮮やかな血が滲み出てくる。

「やめろぉぉぉぉぉ……」

液晶が壊れるくらい何度も叩き、叫んだ。それでも、画面の向こう側に赤井の声が届くことはない。椎名の手は止まることなく早苗の腹部を裂いていった。血色の良かった肌があっという間に赤く染まっていく。

どうすることも出来ず、自然とまぶたに溜まった涙で視界が歪み、もはや画面を直視することができない。

「これくらいで充分でしょうかね？」

黒野の声と同時に、目の前の映像がブツリと切れた。暗転した画面には、自分の必死の形相が空しく映るだけ。文字通り、赤井の目の前が真っ暗になった。

「これ以上お見せするのはさすがに酷ですね。後戻りは出来ない事がわかっていただければ結構です」

最後の情けを掛けたかのように黒野は小さく首を振ると、胸の前で両手を叩いた。

「さぁ、最後の選択を行ってください。刑事として私を捕まえ、法の元で裁くのか……それともこの場で私を撃ち殺し、復讐の元で裁きをくだすのか……選ぶのは貴方です」

背中で聞いた黒野の低い声に、赤井はうなだれた頭を持ち上げると静かに振り返った。

涙で前が上手く見えない。辛うじて捉えた黒野の姿に、身体の芯が次第に熱を帯び始めた。それでいて何も考えられない。真っ白になった頭の中に、娘の記憶だけが彩りをつけるようにふと蘇った。

あどけない笑顔を浮かべる幼き姿……。

病気が発覚しても前向きに生きようと努力する姿……。

素っ気ない態度を向ける姿……。

そのどれもがいとおしく、腐りかけていた赤井の背中を何度も何度も押してくれていた。

しばらく顔を合わせていなくとも、彼女を思う気持ちは色褪せることはなかった。辛い時ほど、頭の中で笑っている早苗をいつも想像していたのだ。

〝大きくなったら、アタシもお父さんみたいになるの〟

「早苗……」

〝悪い人たちをやっつけてやるんだから〟

「早苗が……」

全身を震わせながら赤井は拳銃を持つ手に力を込める。沸々《ふつふつ》と憎悪の念が湧き起こり、自然と銃口を黒野の目線に持ち上げていた。

この男が……この男が早苗の未来を奪い去ったのだ。怒りと悲しみが入り乱れ、そのまま黒野の額へと銃口を押し付けた。

黒野は静かに目を瞑る。畏れを抱くこともなく覚悟を決めた彼の表情に、赤井の中で何かがはじけた。

「うおあぁぁぁ……」

獣のような叫び声を上げると、拳銃を握った手で黒野の顔を思い切り殴りつけた。後ろへと大きく吹き飛び、黒野は車椅子から転げ落ちる。

赤井は、殴り付けた拳の感触を確かめながら、うつ伏せに倒れる黒野に再び銃を向けた。荒くなる呼吸に手元が震え、銃口がカタカタと左右にブレる。黒野は、その場から動こうとはしなかった。そのまま引き金を引けば間違いなく命中する距離に彼はいる。

それでも、黒野は抵抗の気配を微塵も感じさせなかった。むしろ、狙いを定め易いように、わざと背中の全面を向けているようにさえ見える。全てを受け入れるかのように微動だにしない黒野を見下ろすと、その瞬間、赤井の中で張りつめていた糸がプツリと切れた。

壊れたマリオネットのようにその場で膝から崩れ落ち、右手に握っていた銃も床に落とすとそのまま地べたに手を付いた。汗と涙が滴となってポトリと床に垂れ落ちる。絶望に打ちひしがれるように、その場で声にならない嗚咽を吐いた。

「どうして……」

赤井の頭の先に倒れる黒野は、顔を床に伏せたまま小さく呟いた。

「どうして撃たないのですか。私は貴方の復讐の対象になるはずです」

確かに、このまま撃ち殺したい衝動にかられたのは事実だった。だが、引き金を引こうとした瞬間、涼子の声が頭に響いた。あなたっ……と、呼び止めてくる妻の声が。

黒野を殺せば自分はまた罪を犯すことになる。しかも今度は殺人。当然ながら刑務所に入ることになる。そこに残されるのは妻の涼子ただ一人。彼女に待っているのは残酷な未来しかない。また三年前の様に、後ろ指をさされながら生活させる訳にはいかなかった。

彼女には何の罪もないのだ。

　湧き起こる狂気の中、家族への思いが辛うじて自我を呼び戻していた。

「お前は……」赤井は小さく声を漏らした。「そういうお前はどうして抵抗しない。どうして逃げようとしない」

　返事をせずに黙り込む黒野に、赤井は顔を持ち上げた。

「お前が罪を償うつもりなら、俺はお前を撃つことは出来ない。過去の冤罪事件から始まった復讐の連鎖は俺で止めなきゃいけないんだ。もうこれ以上、過去の過ちを繰り返す訳にはいかないいんだよ……」

　袖口で目元を拭うと、強い視線を黒野に向けた。

「真実を知った今、それが俺に出来るせめてもの……せめてもの罪滅ぼしだ」

　これまで散々苦しんできた冤罪事件。自分のせいで娘を殺され、今度は被害者の立場に立つ……そんな両方の苦しみを味わいながら、この先、生きていかなければならない。犯罪者を裁くのは法。しかし犯罪者の家族を世間から守る法はどこにも存在しない。また、被害者の家族を守る法もない。人に生まれし以上その者には家族がいる。法により事件が収束されようとも、遺族にとって本当の意味での解決は永久にされることはない。

　何度となく悔い改めようが、遺族の心に刺さった大きな杭は消えやしない。それでも尚、何かを信じて生きていくしかないのだ。

「なるほど、それが貴方の信念……更生の意志というわけですか」

そう言って、黒野も伏せていた顔を持ち上げた。同じ高さにある二人の目線が重なり合う。

「ならば、私は貴方の意志に応えねばなりませんね」

腕の力を使い黒野はゆっくりと上半身を起こすと、赤井の正面に向き直った。

「久しぶりに出会った更生者が、まさか貴方になるとは皮肉なものです。ですが、その意志を無視することは出来ません。それが答えだと言うのならば、私は貴方に代わって大人しく鳥かごの中で、カラスの生涯を見守ることにしましょう」

静かに両手を揃えて突き出してくる黒野に、赤井もゆっくりと立ち上がるとフラつく足で彼に近づいた。もうこれ以上、互いに口を開くことはない。

沈黙が部屋を包み込む中、赤井はポケットに入っている手錠を取り出し、黒野の両手にそれを掛けた。カチャリと小さな音が鳴る。五年前の冤罪事件に終わりを告げる音だった。

途端に涙が溢れ出た。これでいい……これで良かったのだ、と自分に言い聞かせても込み上げてくる複雑な感情を抑えることが出来ない。

赤井はその場で言葉にならない唸り声を上げた。静まりかえる室内に、赤井の声が響き渡る。

それはまるで、孤独なカラスが眼下に向かって鳴くような悲痛に満ちた声だった。

終章

十九

九条美咲と共に早苗が姿を消して三週間が経っていた。

逮捕された黒野は既に書類送検され、今頃は拘置所にいるはずだ。引き続き事情聴取を行っているのだが、逃走中の九条美咲については一切口を開かないで黙秘を続けているようだった。

一先ず大きな事件の解決に遠藤から労いの言葉を掛けられたが、赤井からすれば両手を上げて喜ぶことはできない。早苗の消息が掴めないこともそうなのだが、事件の背景を考えると、決して喜んではいけない解決なのだ。

それに、今回の事件は警察内部の人間が関わっていた。椎名ゆかりという人物が入れ替わっていたとはいえ、それに気付かずに捜査一課の人間として暗躍を許していた事実は重い。その件に関して、遠藤課長も何かしら咎められることになるだろう。さすがの彼もそれは覚悟しているようだった。

ただ、この事実は恐らく表沙汰になることはない。世間に知られることもなく、内々に処理されるはずだ。つまり、引き続き捜査本部が設置されることもなく、周囲への情報提供を求める事も出来ない。警察という正義を守るには、必要なことだということは赤井自身もわかってはいるが、家族の命を天秤にかけることも出来ず、もどかしい日が続いていた。

目の前で娘を拐われた涼子の精神状態も、もはや限界だった。少しでも情報の共有をすべく、早苗の失踪をきっかけに赤井は自宅マンションに戻ることになった。再び生活を伴にすることになった訳なのだが、食事も喉が通らずに衰弱していく涼子の姿を見なければならないというのは、かえって一緒にいて辛かった。

当たり前だった。望んでいたのはこんな共同生活ではない。早苗という、かけがえのない存在なくして幸せな家庭などある訳がない。

赤井自身もボロボロだった。毎晩のように悪夢にうなされ、まともな睡眠を取ることが出来ない。酷い目眩と吐き気が毎日のように続いていた。それでも、仕事を休むわけにはいかなかった。九条美咲の捜査が行われている以上は、娘の発見にも繋がってくる捜査になる。いくら体調が悪くても、この事件だけはお蔵入りにする訳にはいかなかった。

今回の事件をきっかけに、赤井は積極的に情報交換をするようになった。皆、心中を察してか、気遣いながらも受け入れてくれている。

皮肉なものだな……と、赤井は思った。気付いたときには既に遅いことが、この世の中には多すぎる。最初からこうしていれば、もっと早くに事件が解決したかもしれない。そうすれば自分たちがこんな目に遭うこともなかったかもしれないのだ。

尽きることのない後悔の念にため息を吐きながら、いつもの喫煙室で煙草に火を点けようとしたときだった。右のポケットに入れていた携帯電話が鳴り出した。画面には知らない番号が映っている。不審に思いながらも、「赤井です」と電話に出た。

相手は、早苗が通っていた病院の医師だった。電波が悪いのか、いまひとつ声が聞き取りにくい。煙草をしまい、喫煙室を出たところで信じられない言葉が耳に入った。

「早苗が病院に運ばれてきた」と、いうのだ。急いで妻に連絡し、赤井は病院に向かって車を走らせた。

病院の入り口で涼子と合流すると、あらかじめ聞いていた病室に向かって駆けていく。三階にある集中治療室だった。

息を切らしながら涼子と競うように病室の扉を開くと、早苗はベッドの上で静かに横になっていた。目の上に白い布が置かれピクリとも動かない。

「早苗っ」

横に立つ医師には目もくれず、涼子は泣き叫んで早苗の身体にしがみついた。赤井は、それをただジッと眺めることしか出来なかった。

「奥さん、大丈夫ですよ。娘さんは無事です。今はただ、薬の作用で寝ているだけです。間もなく意識も戻るでしょう」

「本当ですかっ」

「ええ。ですからご安心下さい」と、医師は涼子に告げた。以前から早苗を担当していた、松原という医師だ。

涼子は、神に感謝するように両手を合わせて大声で泣いた。赤井も信じられず、気がつけばその場で涙を流していた。

固まったように立ち尽くしていると、松原から「ご主人、ちょっとお話が……」と、肩を叩かれ部屋の外へと促された。ドアを閉めて廊下の端に身を寄せると、松原は小さく咳をした。

「実は、彼女が運ばれてきた時に様々な検査を行ったのですが、妙なことがわかりました。まず、腹部に手術の痕があるのですが、最近どこかで手術されたのですか？」

それは恐らく、臓器の摘出に違いなかった。きっと、どこかの施設で非公式に行われた手術だったはずだ。黒野の話をここでする訳にもいかず、赤井は口ごもるしかなかった。

「まぁ、それはまだいいんです。問題は早苗さんの目の方ですよ」

彼の言葉に心臓が脈を打った。ベッドで横たわる早苗の目に置かれた白い布から、どうしても嫌なイメージしか湧いてこない。

「病気が……進行しているんですか？」

過度のストレスから、一気に視力が低下したのではないかと思ったのだが、松原は「とんでもない」と手を振った。

「逆ですよ。彼女の目、完治しているんです」

「……どういうことですか？」

「人工網膜の移植が行われていたのですよ。しかもこれは、ＩＰＳ細胞を使った人工網膜を移植しているため、特殊器具の装着を必要としません。こんな手術は、まだどこの病院でもしていませんし、世界的にも成功例がないんです。そもそも、ＩＰＳ細胞を使った人工網膜の完成すら、私は見たことも聞いたこともありません。なのに、ここまで完璧に移植手術が完了していること自体が謎なんですよ」

専門的な話に赤井は目をしばしばさせると、興奮する松原に「あのっ」と口を挟んだ。

「すみません。よくわかりませんが、それはもう早苗が失明することもないということなんですか？」

「ええ」と、納得がいかない様子で松原は頷いた。

嬉しさと同時に疑問が湧いた。人工網膜の移植手術……なぜそんな手術が行われていたのだろうか。自分は、九条美咲の復讐の対象だったはずなのだ。

「ですから、是非ともこれを行った医師を紹介していただきたいので……」

勝手に話を進める松原の言葉など、もはや耳には入って来なかった。

「すみません。ちょっと出てきます。妻と娘を宜しくお願いします」

「あっ、ちょっとご主人」

呼び止めてくる松原を無視し、赤井は病院を飛び出した。

拘置所の受付にサインをすると赤井は長い廊下を歩いていった。この先にある取調室に黒野はいる。現在も尚、共犯者の洗い出しと余罪の追及が行われていた。

赤井は取調室の隣にある傍聴室に入った。マジックミラー越しに黒野の姿が見える。彼は、一般的な簡易式の車椅子に乗っていた。口を固く閉ざして無表情のまま顔を下に向けている。後ろに流していた黒髪は前に垂れ下がり、まるで別人のように見えた。

「いい加減、話してはくれないかな。本当は、九条美咲さんの居場所を知ってるんでしょう？」

向かいに腰掛けた男が黒野にそんな質問をぶつけている。担当しているのは、池田というベテラン刑事だ。相手の懐に入り込むエキスパートで、「落としの池さん」などと周囲から呼ばれていた。恐らく彼でも苦戦しているのだろう。背もたれに寄りかかりながら、彼らしからぬ諦めにも似た表情を浮かべていた。

「ちょっとくらい協力してくれたっていいじゃないか。少しでも罪を償う更生の気持ちがあるなら、話してくれてもいいだろ？」

「……更生？」

池田の言葉に、黒野の肩がピクリと持ち上がった。

「そうそう、まずは正直に話すことが更生の第一歩だよ」

ようやく反応した黒野に、池田は前のめりに構えると両手を揉み始めた。これをきっかけに、上手くいけば黒野を落とせるかもしれないと思ったのだろう。池田の顔が一気に明るくなった。

「一つ、ご質問しても宜しいでしょうか？」

そう言って黒野は静かに顔を上げた。

「なんだ？　内容にもよるが、話せることなら何でも教えてやるぞ」

池田は、大袈裟に手を差し出した。

「私に居場所を訊く前に、彼女……椎名ゆかりの指名手配はされているのでしょうか？」

「えっ？」と、池田は目を丸くさせた。そして瞬時に目を逸らした。

指名手配どころか、彼女の行方は限られた人数で内密に捜査している。だからこそ、黒野から手掛かりを得ようと必死になっているのだ。勿論、そんなことを黒野に伝えることは出来ない。椎名ゆかりという名前をあげられたことが、より一層、池田を動揺させた。

「なるほど、やはりそうですか」

目を泳がせる池田に、黒野は口角を持ち上げた。

「相変わらず警察は、内部で起きた重大な事件を隠蔽しようとしている訳ですか。そんな者たちが協力を求めるなど、随分と都合が良すぎて呆れてきますね。私よりも、更生すべきはあなた方警察にあるのではないでしょうか？」

「いやいや、何を言ってるんだ。勿論、手配だってしてるさ。それでも見つからないからこうして……」

「弁解は結構です。残念ですが、私があなた方警察にお話することは何もありません」

そう言って、黒野は凍てつくような冷たい眼差しを池田に送ると、そのまま元いたように顔を伏せた。すっかり撃沈した池田は、深いため息を吐いて再び背もたれに寄り掛かり天を仰いでいる。どうやら、話が振り出しに戻ったようだ。

赤井は、そんな二人のやり取りをマジックミラー越しに眺めながら、もどかしさに頭を掻いた。軽い気持ちで悟そうとするには相手が悪い。何よりも更生の意志にこだわっていた黒野に、池田のやり方は逆効果だったはずだ。

綿の抜けたぬいぐるみのように俯く黒野を眺めながら、赤井は彼から言われた最後の言葉を思い出した。

「それが貴方の信念……更生の意志というわけですか。ならば、私は貴方の意志に応えねばなりませんね」

あれは、どういう意味だったのだろうかとずっと考えていた。ひょっとしたら彼らは、最初から早苗を殺すつもりなどなかったのではないだろうか。黒野の求めていた臓器を取り出す代わりに、早苗に人工網膜を移植し完治させるつもりだった。その上で赤井を試した……そう考えれば辻褄があう。

直前に、黒野から渡された黒い封筒。「貴方の分です」と渡された封筒は、まさしく自分への報酬だった。黒野に与えられた二つの選択肢。もしもあのとき、自分が引き金を引いていたら黒野は今ここにはいない。代わりにいるのは赤井真也という一人の犯罪者だった。

つまり、涼子だけではなくきちんと両目の見えた未来のある早苗にまで、犯罪者の家族というレッテルを貼ってしまうところだった。まさに悪魔の報酬を得ていたところだったのだ。

復讐の念にかられることなく、正しき判断をくだしたからこそ今があるのだと思うと脚が震えてくる。

だがこれで、ずっと引っ掛かっていた黒い封筒の謎も解けた。わざと遺体に黒い封筒が残されていたのも、椎名がサイトの話を振ってきたのも、全ては自分へ与えられたヒントだったのだ。

赤井が最後の選択を迫られたとき、どちらの判断をくだすべきか……神の報酬か、それとも悪魔の報酬か、あくまでも公平な判断が出来るように……と、意図的に黒野が残したのだろう。

当然、そんなことを考えられるほどあのときは冷静じゃなかった。それでも、結果として赤井は神の報酬ともいえる、望んでいた家族の未来を手に入れた。人生をやり直すチャンスを貰ったのだ。

だが、黒野にとってはどうだったのか、この結末を彼は望んでいたのだろうか。黒野の犯してきた罪が明らかになれば、死刑の判決が下されることは間違いない。それだけ多くの犯罪を彼は起こしていた。つまり、どのみち待っているのは死という恐ろしい現実なのだ。

ただ、彼はこうも言っていた。真実を教えるために赤井を待っていた、と。事実、椎名が意図的に発していた助言や資料により、赤井は黒野の元にたどり着くことが出来た。黒野までのレールを敷いたのは、他でもない黒野自身なのだ。彼が敷いたレールの行き先は、本当にここだったのだろうか。

この事件の真実を知ったようで、実は黒野自身のことは何もわかっていなかった。彼が何のために九条美咲に協力していたのか……。何故、施設を閉めて派遣事務所を構えたのか……黒野が口を割らない限り、全ては闇のままなのだ。

赤井は、壁一枚を隔てて黒野の正面に立った。すると、それに応えるように黒野は顔を持ち上げた。当然、黒野からは赤井の姿は見えない。だが彼は、何かを察するように真っ直ぐ視線を向けて笑いかけてくる。

細く吊り上がった黒野の目は、全てを見透かしたように怪しい光を帯びていた。

二十

ドアの鍵を閉める音を背中で聞くと、黒野は車椅子を部屋の奥へと移動させた。染み一つない真っ白な壁には至るところに手すりが付いており、足の不自由な者が生活しやすいようにきちんと配慮されている。

用意された拘置所の独房は思っていたよりも快適だった。トイレには当たり前のようにウォシュレットが付いており、開ければ部屋全体が明るくなりそうな大きな窓まである。鉄格子こそ見えてしまうが、備え付けの薄いベージュ色のカーテンを広げれば、まるで介護施設の個室を用意されたかのようだった。

なんとも日本らしい設備だ……と、思った。容疑者を拘束するとはいえ、その者の人権を尊重し、身体障害者にはそれ相応の部屋を用意してくれる。これで朝晩の食事が付くのだから、入っている者によっては下手な表社会よりも、満足のいく暮らしが出来てしまうかもしれない。少なくとも寒さや空腹で死ぬことはない。そう考えれば、公園で寝泊まりするホームレスよりも遥かに贅沢だった。

黒野は、車椅子の手すりを両手で掴み腰を持ち上げると、身体をスライドさせるようにベッドへとその身を移した。このベッドもリクライニング機能が付いている。早速リモコンで操作し、丁度良い高さに合わせると静かに背を持たれかけた。

部屋は悪くない。ただ、不満を挙げるとすれば、用意された簡易式の車椅子だけはどうもいただけなかった。座り心地が悪くすぐに身体が痛くなる。愛用していた車椅子が恋しくなると同時に、初めて車椅子を使うようになった時のことを思い出した。

美咲は、今ごろどうしているだろうか。頭の良い彼女のことだ、自分がいなくとも、捕まることなく全ての事を順調にこなしてくれているはずだ。

車椅子生活を余儀なくされたのも、今ここに自分がいるのも、全ては美咲との出会いが始まりだった。あの時、彼女と巡り合わなければ、この場にたどり着くことはできなかった。

こんなにも幸せな結末には……。

九条美咲が施設アウトリーチにやってきたのは、今から約五年前のことだった。身寄りのない十八歳の女の子を預かってくれないかと頼まれ、黒野はそれを快く承諾したのだが、初めて対面したときは心配になるくらい美咲は重い空気を纏っていた。

家族の犯罪により世間から追いやられた者は少なくない。アウトリーチでも、同じ境遇にいる者が数人いる。だが、彼女はそんな者たちとは少し違って見えた。目の奥でドス黒い水が蠢《うごめ》いているような、そんな深い闇を宿していた……とでも表現すればよいだろうか。

美咲は、一言も発することなく床の一点をじっと眺めていた。笑ってさえいれば、誰にでも好かれるような可愛らしさを持っているのに、まともな食事をしていなかったのか、顔は痩せこけ長い黒髪は乱れたままだった。

理由を聞き出すようなことはしなかったが、黒野はそんな彼女のことが気になった。食事も、他の者に出しているものに加えて、たんぱく質の多いおかずを追加した。心のケアも大事かもしれないが、まずは体力を戻す必要がある。その甲斐があってか彼女の輪郭は、高校生らしいハリを少しずつ取り戻していった。

それから、妻に頼んで長い黒髪をとかしてやったりもした。黒髪にも艶が蘇り、鏡を見せると美咲は少しだけ微笑んだ。それでもすぐにまた能面のような表情に戻ってしまう。目に輝きは戻らず彼女の大きな目が笑うことはなかった。

黒野は、もう一人こうした目を持つ人物を知っていた。自分の娘だった。だからこそ、美咲のことが特別気になるのかもしれない。

娘が若年性糖尿病と診断されたのは、当時十二歳のときだった。最初は毎月の通院のみで特に不自由なく生活していたのだが、次第に悪化していく症状に腎臓移植をしなければ治らないことを医者から告げられる。

黒野たちは、すぐさま自分たちの腎臓を使って欲しいと頼んだ。だが、残念ながら検査の結果、娘には適合しないことが判明する。それどころか、娘の場合は適合者が見つかりにくいだろうとまで言われてしまう。つまり、ドナーが現れる確率は限りなく低いということだった。

勿論、そのことは本人に話さないようにしていたのだが、自分たちの反応から何かを察したらしい。それ以来、娘は今の美咲のように感情の一部が欠落し、心を閉ざすようになってしまった。

結果、アウトリーチの経営を手伝ってくれていた妻も、娘に付きっきりの看病を余儀なくされ、黒野が一人でアウトリーチを管理するようになった。それでも良かった。娘が元気になると思えば愚痴の一つも出なかった。臓器提供者が現れるまで……それまでの辛抱だと自分に言い聞かせた。

美咲の再出発が上手くいけば、娘の再出発も上手くいくはず――。黒野はそんな願掛けのようなことを彼女の中に見ていたのだ。

美咲に変化が起き始めたのは、黒野が彼女にメガネをプレゼントした頃だった。笑顔の少ない彼女は、どうしても目付きが悪くなってしまう。先のことを考えると、このままでは社会復帰ともいえる就職活動をしたときに面接で不利になる。少しでも彼女の印象を良くしようと考えて、赤いふちのメガネを贈ったのだ。

すると、前よりも表情が柔らかく見えた。美咲も気に入ってくれたのか、その日からメガネを掛けるようになった。ベタな作戦ではあったが、どうやらプレゼント効果が出たようだ。口数も徐々に増えていき、最初は仮面のように目を隠す役割をしていたメガネも、いつしか只の装飾品となっていた。

少しずつ心を開き始めた美咲に黒野も大いに喜んだ。まだ多少の影を背負ってはいるものの、今の状態ならば彼女が社会に出ても問題はないだろう。仕事が見つかり社会復帰すれば、きっともっと良くなるはず……そう思った。

しかし、現実はそんなに甘くはなかった。黒野に後押しされて就職活動を始めた美咲だったが、一向に仕事が決まらなかった。どこかで調べて彼女の父親の件を知るのか、どこの会社も不採用となってしまう。アルバイトですら断られたりもした。殺人犯の家族というだけで、あたかも本人の犯行であるかのように差別されるのだ。

「いいんです。別に」と、美咲はその度に落ち込み、そのつど黒野が励ました。その繰り返しに耐えるしかなかった。

そうして二年が経ったころだった。遂に美咲の父、九条隆の刑が執行された。それを知った美咲は他人事のように平然を装っていたが、メガネの下で涙を流しているのを黒野は見ていた。これでまた彼女の影は濃くなるだろう。再出発の夢が、また一歩遠ざかっていく。

この世は実に不平等だ。美咲はまた闇に堕ち、娘のドナーも見つからない。再出発の努力をする者に、救いの手を差し伸べてくれる者はいないのだろうか。黒野は嘆いた。

だが、負の連鎖はそれだけに留まらなかった。何の前触れもなく不幸は突然訪れたのである。


ある日の午後、施設アウトリーチに一本の電話が入った。いつものように黒野が対応すると電話の相手は警察だった。また引受人を頼まれるのかと思い手帳の用意をしたのだが、告げられた言葉はそんなものではなかった。

「すみませんが、もう一度お願いします」

聞き間違いだと思い、黒野は問い直すと通話口の向こうで咳払いが聞こえた。

「ですので、先ほど奥様がお亡くなりになりました。突然のことに辛いお気持ちはわかりますが、確認のため一度病院までお越しいただけますか？」

淡々とした口調で何の冗談を言っているのだろうか。妻は、今朝も元気に娘の病院へと向かったはずだ。

「もしもし黒野さん、もしもし……」

電話自体を信じることが出来ず、受話器を乱雑に戻すと黒野はアウトリーチを飛び出した。

指定された病院に向かうと、待機していた警察官にすぐに霊安室へと案内された。部屋の奥で静かに横たわる遺体。顔の上には白い布が掛けられ、それが誰なのかはまだわからない。

「奥様に間違いないとは思いますが、念のためご確認お願いします」

横に立つ警察官からそう言われてもまだ信じられなかった。目の前の遺体は別人に違いない。きっと何かの間違いだ……。

息を呑んで顔に被せられた白い布を取った瞬間、微かな希望と共に黒野はその場に崩れ落ちた。額と目の下に擦り傷を負い、痛々しくも静かに目を瞑るその女性は、紛れもなく最愛の妻だった。

この日、妻は入院する娘の為に花を買おうと近くの商店街に出向いていた。事件があったのはその帰りのことらしい。花束を抱えて歩く妻のバッグをオートバイに乗った男が引っ張った。肩にしっかりとバッグを掛けていた妻は、その反動で転倒したのだが、無理に奪おうとした犯人はそのままバイクを走らせた。頭を強く打ち、数メートルほど引きずられた妻は、発見されたときには既に息がなかったという。

詳細を知らされても、実感が湧かないため涙すら出てこない。受け入れがたい現実に息をするのも忘れていた。

あれほど懸命に看病していた娘の完治を見ることも出来ないまま、こんなにも早く旅立つことを誰が想像出来ただろうか。

こんなにやつれてしまって……。

蒼白く痩せこけた妻の頬に手をあてた。どれほど自分を犠牲にして、その時間を娘の為に使ってきたのか、数年前まではなかった彼女の目尻に出来たシワが、その苦労を物語っている。

同時に、娘のことを全て妻に任せてしまっていた自分を責めた。お見舞いだって、毎日交代で行っていたのならばこんな悲劇を生まなかったかも知れない。心を引き裂かれるような後悔の念に、しばらくその場から動くことが出来なかった。

それからの事はよく覚えていない。妻を司法解剖に回すための同意書にサインした後、どうやって帰ってきたのかさえわからなかった。自宅に戻り、電気のついていない部屋を見て、ようやく妻がいなくなってしまったことを実感した。その瞬間に一気に涙が流れ落ち、身体を震わせ嗚咽を吐いた。

その後、間もなくして目撃情報から犯人の身元が判明し、逮捕されたと連絡があった。専門学校に通う学生だったらしい。お金に困り衝動的にやってしまった、と罪を認めているようだ。

だからどうしたというのだ。犯人が捕まったからといって妻は帰ってこない。残された唯一の家族、娘の病気を治すためのドナーも見つからない。これから先、自分は何を希望に生きていけばいいのか……心に大きな穴が空いた。

翌日、妻の思い出をたどるように黒野はアウトリーチに顔を出した。この施設を二人で立ち上げたときのことを思い出すと目の奥が熱くなる。建物をオランダ調の平屋にしたいと言ったのは彼女だ。内装を白に統一して、清潔感を出した方がいいと提案してきたのも、庭に花壇を造り季節の花を育てようと言い出したのも彼女だった。アウトリーチは、妻の夢を全て叶えた場所だったのだ。

そんな妻の夢に囲まれて感じるものは、今では悲しみと怒りだけしか残っていない。黒野は一人、施設長室の椅子に腰掛けると真っ白な天井をぼんやりと眺めた。

妻を殺した犯人は、今頃なにをしているのだろうか。意図的に会うことを避けた為、相手の顔はわからないが、未だに弁護士を通した謝罪の言葉も受けていない。彼は、自分の犯した罪の重さをきちんと理解しているのだろうか。

本当ならば、死刑にして欲しいくらいだった。しかし相手は未成年。少年法により、本人の更生が考慮されることは間違いない。人の命を奪っても数年で出所してくることになる。少年法とは実におかしな法律だ。たった数年で本当に人は更生することが出来るのだろうか。いや、例え本人が出来たとしても、被害者遺族の心が癒されることはない。一体、未成年を守る？　ならば、遺族はどうやって心の傷を治したら良いというのだ。

誰の為の法律なのかがわからない。未成年だろうが罪は罪。そこに本当の意味での更生の意志がなければ、その者の将来など約束してはならないはずなのだ。

これが決まりだというのであれば間違っている。なんて理不尽な世の中なのだ……誰に向けたら良いのかわからない憎悪の念が沸々と湧き起こる。怒りの波を抑えきれずに叫び声を上げそうになったとき、部屋の扉をノックされ黒野はふと我に返った。

辛うじて平然を装い「はい」と、だけ答えると、顔を覗かせたのは美咲だった。彼女の顔もまた、自分と同じように生気がない。これまでならば気にかけていたはずだが、彼女を心配するほど心に余裕はなかった。そのまま黙っていると先に美咲が口を開いた。

「今度は私の番ですから」

ボソリと漏らした美咲の言葉に、黒野は片眉を持ち上げた。

「私が一緒に、娘さんのドナーを探します」

真剣な眼差しを送る美咲に、「ありがとうございます」と黒野は無理に笑顔を作った。きっと不自然な笑みだったはずだが、美咲の気遣いにだけは応えたかった。

悲しい過去に縛られるよりも、今後の未来を見据えた方がいい……そう、言いたいのだろう。

「ですが、同じく家族を失った悲しみを知る、そんな彼女からの配慮に胸を打たれた。

「ですが、残念ながら方法がありません。順番が回ってくるその日まで、じっと待つしかないのです。そのお気持ちだけいただきます」

そう言ったのだが、美咲は「いえ」と首を左右に振った。

「一つだけドナーを探す方法があります。ですから、それを一緒に手伝わせて欲しいんです」

「方法？」と黒野は首を傾げた。

「その代わり、お願いがあります。私も手伝って欲しいことがあるんです」

美咲は顎を引いて大きな目を見開いた。

「復讐したい相手がいます」

真っ直ぐ見据える彼女の目は、いつしか最初に出会った頃に戻っていた。

美咲の提案を受け入れた黒野は施設アウトリーチを閉めると、共に望みを叶えるため黒野派遣事務所を設立した。

まともな仕事に就けない元未成年犯罪者へ裏の仕事を提供する派遣事務所。真剣に未来を見据えた更生者には、多額の報酬を与えて手を差しのべ、逆に更生の意志がない者には罰を与えて未来を奪う。その者から臓器を取り出し娘のドナーを探し始めた。

最初の内は苦労が多かった。裏のパイプを繋げる為には、第一に信頼と実績がなければならない。臓器売買のルートもそうだが、同時に最新の医療技術を手に入れる為に、自らを実験台として非公式な新薬開発に協力していた時期もある。その結果、副作用の影響で足の自由を奪われた。

大きな代償だったが致し方なかった。この派遣事務所を軌道に乗せなければ、自分たちの望む未来は手に入らない。むしろ、命が残っているだけマシだった。

そんな努力の甲斐があってか、表社会とは一線を画した黒野派遣事務所は瞬く間に成長していった。世の中には想像がつかないくらい、表沙汰に出来ない依頼が数多く存在する。企業からの依頼もあれば、医者や政治家といった個人のものまでそのジャンルは幅広い。

お互いのルールを遵守し、情報の漏洩が絶対にないということが、この世界で生きていくのに必要となる。だがその分、一度得た信頼は厚い。表社会と平行して存在する裏のパイプは、芋づるのように細分化して根付いており、横の繋がりにより黙っていても派遣の依頼は増えていった。

増やした確率を元に、娘とは不適合者の臓器は闇医者に流し、自分と同じように順番を待てない者へと提供し続け派遣事務所の資金を調達する。そうして、来るべきときを待ったのだ。

そして数ヶ月前、ついに娘と適合する相手が見つかったとの連絡が入った。待望のドナー発見に胸を高鳴らせたのだが、それと同時に黒野は頭を抱えることになった。

発見された臓器適合者は犯罪者ではない……つまり、善良な一般人だったのだ。罪のない者に手をかけることは、自分に課したルールに反する行為になる。いくら娘の命がかかっているとはいえ、そこだけは外せない道だった。

目の前に出された希望も、なかったものとして諦めるしかない。大きな損失感に包まれながら、パソコンに送られてきたメールの適合者情報に目を向けた時だった。

そこに書かれていた人物の名前に、黒野はその場で身震いを起こした。長年、探し求めていた娘の臓器適合者が、九条美咲の復讐の相手……赤井真也の娘だったとわかったとき、初めて運命というものを信じるようになった。

運命とは恐ろしくも面白いものだ。思いもよらずに巡り巡って返ってくる。まさに文字通り、命の運びを受けたのだ。

ならばこの運命は避けられない。黒野はすぐに動き出した。知りうる限りの闇医者をあたり、表社会には流通しない最新医療技術を持つ優秀な眼科医を探し求めた。

赤井早苗は何の罪も犯していない。命を奪う訳にはいかなかった。彼女が命を運んでくれるのならば、こちらも彼女に未来を見せてやらなければならない。その日から、黒野は赤井早苗を救うことだけを考えた。

復讐を望む美咲には悪いが、それが自分の信念であり曲げる訳にはいかなかった。未来を切り開こうと努力する者には、誰であろうとも手を差しのべる……真っ直ぐに病気の娘と向き合い、明るい未来を信じて生きていた亡き妻に、そう誓ったのだ。

美咲自身もそれはわかってくれていたようだった。例えこの先どうなろうとも、全てを受け入れる覚悟をもって協力することを約束してくれた。

互いの目的を達成すべく準備を整え、そして――。

後のすべてを運命に委ねたのだ。

部屋のカーテンを開けると、鉄格子の間から月の光が射していた。いつの間にか夜を迎えていたらしい。空には半月が浮かんでいた。薄い雲が覆っているせいか残念ながら星は見えない。灰色に染まる夜空を、黒野は窓越しにぼんやりと眺めた。

あのとき、考えられた未来は二つあった。一つは、あの場で赤井真也に撃ち殺され人生の幕を下ろす未来。そしてもう一つが、拘置所の中にいる今の自分だ。

正直、自分の命など惜しくもなかった。娘の未来が手に入るのであれば、撃ち殺されたとしても良かった。だが、与えられた未来は生き延びる方だった。運命は、「まだ生きろ」と告げたのだ。

ならばその運命に従う必要がある。赤井真也のように、素直に過去の罪を認めて全てを明かしても面白い。ただそれは更生の意志ではない。本当に更生するのは全てを終えてからだと決めていた。

事件の根底を生み出したのは赤井真也ではない。警察という組織が……今の歪んだ世の中が自分たちのような人間を生んだのだ。

もし、自分が裁判で全てを世間に告白したらどうなるか。冤罪事件、警察内部での犯罪者の暗躍、そしてそれらを隠蔽していた事実を世間が知れば、警察という名の正義の仮面は剥がれ墜ちることになるだろう。少なからず今の組織は破壊され、大きな改革を余儀なくされるのは間違いない。

そのことは彼らもわかっている為、慎重にならざるを得ない。自分たちの立場を守る為に何が一番得策かを、必死になって考えている正義の姿を想像するだけでも、今こうしてこの場にいる事の意味を感じられた。生き延びた事の意味を。

皮肉なことに自分を捕まえた警察自身が、素直に真実を明かされることを何よりも恐れている。ある意味、彼らの未来を自分が握っているかと思うと、こんなにも面白いことはなかった。

勿論、更生のチャンスは平等にあるべきだと思っている。何が正義で何が悪か……その境界線は、丁度あの夜空に浮かぶ半月のようなものだ。明るく照りつける光と闇夜の境界線は、ぼんやりと滲んでいてハッキリしない。一歩間違えれば光は闇にのみ込まれてしまう。

果たしてこの先、その光はどうなるものか。強い光を放つ満月のように変わるのか……それとも、闇にのまれて薄い三日月のように光を失っていくのか——。

どちらに転ぶかはわからないが、この独房から眺める明日の夜が楽しみだった。

完

この作品は小説投稿サイト・エブリスタに投稿された作品を加筆・修正したものです。エブリスタでは毎日たくさんの物語が執筆・投稿されています。
(http://estar.jp)

本作品はフィクションです。実際の人物や団体、地域とは一切関係ありません。

サンタさんへ
おねがいします
おとうさんおください
コミカライズ
「郵便配達人
花木瞳子
CASE 親指泥
原作:二宮敦人 漫画:うおぬま
イラスト原案:鉄雄
ニコニコ静画に
好評連載中!
真夏のクリスマス・ミステリー
郵便配達人
花《はな》木《き》瞳《とう》子《こ》が顧り見る
「!(ビックリマーク)」 二宮敦人 × 鉄雄 「桜子さんの足下には死体が埋まっている

生まれ変わっても
また君を好きになる。
書店員さんもイチオシ！
本好きの恋愛小説
No.1
あやかし恋古書店
～僕はきみに何度でもめぐり逢う～
蒼井紬希
Aoi Tsumugi
TO文庫
毎月1日発売
イラスト：nineo

銚子電鉄の小さな奇蹟
トモシビ
Tomoshibi
Midori Yoshino
吉野 翠
誰かの優しい灯火が
あなたの心をあたためる
映画化原作!
関東の最東端を走るローカル線「銚電」
小さな列車にまつわる人々の奇蹟の物語
TO文庫

TO文庫

黒の派遣

2017年2月1日　第1刷発行

著　者　江崎双六

発行者　本田武市

発行所　TOブックス
〒150-0045東京都渋谷区神泉町18-8
松濤ハイツ2F
電話　03-6452-5678(編集)
0120-933-772(営業フリーダイヤル)
FAX　03-6452-5680
ホームページ　http://www.tobooks.jp
メール　info@tobooks.jp

フォーマットデザイン　金澤浩二
本文データ製作　TOブックスデザイン室
印刷・製本　中央精版印刷株式会社

PrintedinJapanISBN978-4-86472-559-0